ペンギン鉄道なくしもの係 リターンズ

Contents

ペンギン鉄道　なくしもの係
リターンズ

名取佐和子

幻冬舎文庫

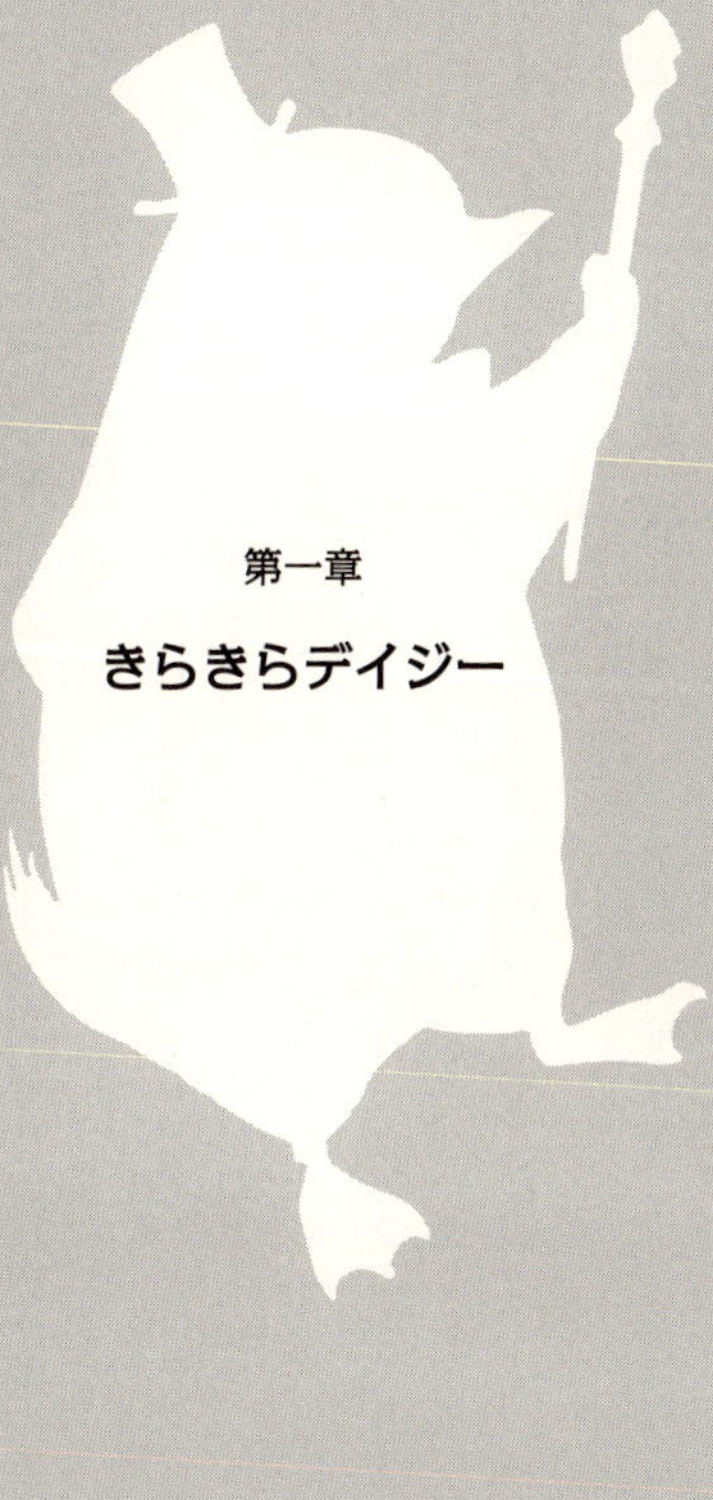

第一章

きらきらデイジー

電車の中で足を踏まれるのは、嫌なものだ。だけど——四方《よも》涼佳《りょうか》は視線をそっと下げた。

——ペンギンに足を踏まれるのは、悪くない。

隣の車両からえっちらおっちら歩いてきたペンギンは、ほどよく空いた車内で、なぜか涼佳のすぐ隣まで来てぴたりと止まった。その際、勢いあまって肉厚の足の先が、涼佳の赤茶色のローファーにちょこんとのっかった。それから二駅ほど過ぎた今も、依然としてペンギンは自分の真上で揺れる吊革を見つめたまま身動きひとつせず、足をどかす気配もない。ときどき電車の揺れに合わせ、翼を広げてバランスを取り、片足が浮いたりしても、最終的にはまたローファーの上に戻ってくる。おかげで涼佳は吊革をにぎりながら、ペンギンの足指をつなぐ水掻きも小さな黒い爪もじっくり観察できた。

涼佳の家から高校までの路線の一部は、本物のペンギンが乗り降りすることから「ペンギン鉄道」と呼ばれている。その呼称の由縁はもちろん涼佳も知っていたし、周囲に倣《なら》ってその通称を用いてもいたが、高三の二月十五日という今日を迎えるまで、実際にペンギンが電車に乗っている光景は一度も拝んだことがなかった。生来の間の悪さを自覚している身としては、見ないまま卒業を迎えるんだろうと諦めてもいた。だから、電車の中を当たり前のように歩いてくるペンギンを見たときは驚いたし、足を踏まれたときは感動にも似た喜びに震えたものだ。

――〝禍福は糾《あざな》える縄の如し〟ってやつね。

受験勉強中に覚えた故事成語を思い出し、涼佳はペンギンの頭を見下ろす。カチューシャのような白い筋が入った小さな頭は、車窓から差し込む真冬の日の光の下でつやつやと輝いていた。

〝福〟はペンギンに会えたこと。〝禍〟は――。

考えをめぐらせている途中で、前にまわしたリュックから、スマホの着信音と振動が伝わってくる。集まってくる周囲の視線に心の中で謝りつつ、涼佳はあわててリュックのジッパーをあけた。片手を突っ込んで探ってみたが、スマホらしきものには一向に触れない。そのうち着信音が大きくなってくる。視線がますます集まってくる。焦った涼佳が吊革を離した手でリュックの口を大きくあけて覗き込んだとたん、電車が急ブレーキをかけた。

悲鳴をあげる間もなく、涼佳は吹っ飛ぶ。空いた車内にはストッパーになってくれる人もおらず、車両の床の上で華麗なでんぐり返しを披露してしまった。リュックの中身は宙を舞い、さらにその上をペンギンが飛んでいくのが見える。翼がぱたぱたと動いていたが、浮力の足しになっていないことは明らかだ。

「あぶない！」

涼佳は自分の体勢も顧みず抱き止めようと腕を伸ばしたが、ペンギンの描く放物線には届かず、両手を掲げたままべちゃりと床に伏す結果となった。一拍おいて、「おぉ」というどよめきとまばらな拍手の音があがる。身を起こしてみれば、たまたま放物線の落下位置にいてペンギンを抱き止めることのできたサラリーマンが、乗客達の賞賛を浴びていた。

涼佳が呆然とサラリーマンとペンギンを眺めていると、耳のそばで声をかけられる。

「だいじょうぶですか？」

振り向くと、親切そうな中年女性が散らばったリュックの中身を集めてくれていた。彼女の動きにつられ、周囲の何人かも床に屈み込む。

「あ、すみません。だいじょうぶです。すみません」

涼佳はあわてて起き上がり、ペンギンとは反対方向に飛んでいったリュックを拾い上げた。親切な人達に頭を下げながら、車両のあちこちに散らばったペンケースやノートや教科書や参考書やファイルをリュックに放り込んでいく。顔が熱いのはでんぐり返しをした際、制服のスカートがめくれてしまったかもしれないと、今さらながら思い当たったからだ。厚手のタイツを穿いているとはいえ、十八歳の女子的には大失態と言えるだろう。知り合いが乗っていませんようにと、涼佳は祈る思いでリュックを抱え込んだ。

電車は次の油盥《ゆだらい》駅で、待ち合わせおよび連結作業のため長めに停車する。涼佳はひらいたドアから誰よりも早く降りて、そのままトイレへ駆け込んだ。鏡の前で、乱れたボブカットの毛先を整え、ピーコートについた埃を払う。赤くなったままの頬は、冷たい水でぴしゃぴしゃと濡らしておく。

「まいった。まいった。とんだ〝禍〟だったよ」

照れ隠しから独り言をつぶやき、あらためてリュックを探ると、皮肉なことに今度はすぐにスマホが見つかった。

電話をかけてきた相手は母親だ。半月ほど前、家の階段から足を滑らせて骨を折り、今は仕事も自宅作業を割り振ってもらって療養中だった。すでに留守電にメッセージが入っているようだ。涼佳は眉を寄せて、留守電を再生した。

――もしもし、涼佳？　あのさ、ついでにさあ、アイス買ってきてよ。どこかと何かがコラボした、コンビニ限定の、ほら、アレ、栗と抹茶の和スイーツ的な。ねっ。

留守電は唐突に切れ、涼佳の肩が落ちる。ついでに、だって？　自分が娘に何のついでのアイスを頼んでいるのか、あの人はわかっているんだろうか？　いや、いまい。

涼佳はスマホの連絡先から母親を選び、勢いよくタップしようとした指をすんでのところで引っ込める。電話口でいくら怒ったところで、きっとあの人には通じまい。涼佳は大きく息をついてから、電話の代わりにメッセージアプリを起ち上げ、〝了解〟と打ち込む。少し考え、もう一文だけ付け足した。

〝離婚届が無事受理されたら、ついでに、買って帰ります〟

メッセージはすぐ既読になり、「やったー!」と喜び、跳ね回るウサギのスタンプが送られてきた。

「ダメだ、こりゃ」

涼佳は舌打ちと共に蛇口をひねる。リュックにスマホを荒々しく投げ入れ、背負い直してから、手を洗う。鏡に映った顔は、自分でも驚くほど怖かった。

三年前、母親が「再婚する」と言いだしたのも、涼佳の受験シーズンだった。高校受験を控え、周りの友達が家族からめいっぱい気を遣ってもらっているなか、何十回目かの「好きな人ができちゃった」宣言をしたあと、いつものように浮かれたり落ち込んだりと不安定になりがちな母親の感情に、涼佳はさんざん振り回されたのだ。第一志望の公立高校に無事合格できたときは、本当に嬉しかったし、ほっとした。

下着メーカーの係長としてフルタイムできちんと働き、頭も悪くないはずの母親だが、昔から恋愛が絡むと愚かになる。虚しい出会いと別れが山ほど積み上がり、何の実も結ばないまま年だけ取ってきているのに、一向に懲りる気配がない。もし、母親が聞く耳を持ってくれるなら、是が非でも言いたいことが、涼佳には昔から一つだけあった。

「いい加減、一人で生きられる人になって」

世の中には二種類の人間がいると、涼佳は考えている。一人で生きられる人と、一人では生きられない人。この選別でいくと、自分は前者で、母親は後者だ。

――今度こそ、本当の恋だから。お母さんの最後の恋、あたたかく見守ってよね。

何度、懇願されたことだろう。けれどその〝最後の恋〟はたいてい、涼佳が見守るスタンスに入る前に破局し、母親はさっさと次の最後の恋に向かって駆けだしている。

だから、自社製品のＣＭ撮影現場で知り合ったという、〝おじさん〟を絵に描いたようなサラリーマンの植園《うえぞの》を紹介されたときも、「またか」とうんざりした。顔に出てしまったかもしれない。そんな涼佳にかまわず、母親は誇らしげに「再婚」の二文字を口にした。

――この恋は本当に本当。植園さんは奥さんのいる人じゃないから、再婚できるのよ。それに彼、子持ちなの。シングルファーザーってやつ。涼佳だって嬉しいでしょう？　ねっ？

唐突に返事をうながされ、涼佳はようやく単語帳から顔を上げた。

――〝嬉しい〞？　私が？

――そう。だって、弟ができるんだよ。父、母、娘、息子の四人家族になるの。

「はあ。四人家族ねえ」とうなずいておいたが、正直なところ、涼佳はちっとも嬉しくなかった。婚姻届があろうとなかろうと、どうせ母親の恋愛はすぐに終わる。期間限定の弟なんて、煩わしいだけじゃないか。

涼佳は母親の再婚に反対しない代わりに、自分の苗字は今のまま〝四方〞でいく、植園の戸籍には入れないで、とお願いした。母親は不満げだったし、植園は悲しげだったが、涼佳は譲らなかった。高校生活の途中で苗字が変わる事態だけは、何が何でも避けたかったのだ。

果たして、あのときの自分の判断は正しかったと証明された。されなくていいのに、されてしまった。志望大学の受験票や入試の解答用紙に記す苗字を変えずに済んだことにほっとしつつ、涼佳は蛇口をひねって水をとめる。

「せめて松葉杖がいらなくなるまで待てないもんかね、離婚」

鏡に向かってぼやいた。引きつっていた顔もいつもの表情に戻っている。赤みも引いた。これならもう人目を気にする必要はないだろう。涼佳は洗面台の前を離れた。

＊

乗り継ぎのホームはさっきまでの路線よりいくぶん乗客の数が増え、学生の姿もちらほら見える。通常授業はとっくに始まっている時間だから、受験本番を控えて自習カリキュラムの増えた三年生達だろうか？　涼佳はリュックの肩紐をぎゅっとにぎりしめた。

――私も受験生だっつうの。こんなことしてる場合じゃないわ、本当に。

「すんません」

男性にしては高めの声がする。まさか自分に話しかけているとは思わず、涼佳が参考書を取り出そうとしていると、今度は肩を叩かれた。

「すんません、ちょっと」

あわてて振り仰ぐ。サングラスをかけたモヒカン頭の男性と目が合った――気がする。真ん中に残した髪は、風にそよぐくらいソフトな立ち方だったが、刈り込み部分は気合いが入っていた。青々とした地肌に黒いドクロマークが浮かび上がっている。入れ墨かと思いきや、髪の毛を部分的に残すことで描いてあるのだった。

アーチストなのかパンクスなのかチンピラなのか、涼佳は判断がつかないまま後ずさる。

すると、モヒカン男は大股で一歩踏み込み、距離を詰めてきた。サングラスに隠れ、表情が読めない。涼佳はさらに一歩さがった。

「あのさ、ちょっと聞きたいんすけど」

「はい」

「電車に乗るペンギンがいるって聞いたんだけど、見たことあります?」

「あ——」

ふわりと浮かんだ涼佳の白い息を見つめ、モヒカン男はサングラスの縁を握った。

「あるんだ?」

「え」

「今の反応、明らかに〝見たことある〟って感じだった。違う?」

モヒカン男の高い声は大きくなり、涼佳の胸ぐらをつかみかねない勢いで前のめりになる。

周囲の視線が集まってくるのを感じたが、声をかけてくれる人はいない。涼佳は天を仰いだ。

——今日は〝禍〟が多すぎる。

「えっと、あ、はい。見たことあります」

「いつ?」

「つい、さっき——」

「どこでっ？」

モヒカン男の荒っぽい口調に、涼佳は震える手で線路を挟んだ向かいのホームを指した。乗ってきた電車の連結作業はまだつづいているようだ。

「美宿《みしゆく》方面に向かう、あの電車の中で――」

今もまだ乗ってるかどうかは知りませんけど、と付け足す前に、モヒカン男に腕をつかまれる。

「よし。連れてってくれ――いや、ください」

「え、何で？」

「俺だけじゃ車両がわからねぇから」

「私だってわかりませんよ」

振り払おうとした拍子に、涼佳の手がモヒカン男の頬に当たり、サングラスがはじけ飛ぶ。その衝撃でモヒカン男は体勢を崩し、さげていた頭陀袋《ずだぶくろ》に似たショルダーバッグの口がひらいた。音を立ててホームに落ちた物を見て、涼佳は言葉を失う。

手錠。黒い目隠し。長さの違う何本ものロープ。

涼佳の視線から顔をそらし、モヒカン男は腰を落として不穏な道具をすばやく拾い集めると、プラスチックらしいつるが折れてしまったサングラスともどもバッグに放り込んだ。涼佳の腕はつかんだままだ。その力が少し強くなった気がする。

「サングラスまで壊したんだから、ちょっと付き合ってよ。んじゃ、よろしく」

涼佳の了解を待たずに、モヒカン男は階段に向かった。腕を取られたままの涼佳は、引きずられる形となって足がもつれる。ピーコートの上から腕をつかまれているだけなのに、簡単には振りほどけない。不健康なくらいに痩せた非力そうなモヒカン男でも、男性という生物はやっぱり強い。力で押されたら、女性は敵わない。そう感じたとたん、本格的な恐怖が襲ってきた。身が竦《すく》む。ペンギンに関する会話なんてただのきっかけだったんじゃないかと、自分の迂闊さを呪った。

——離してください。

その一言が喉の奥に絡みついて出てこない。息が上がる。分厚い膜で仕切られたように、朝の明るいホームや乗客達が遠くなった。この分厚い膜を〝孤独〟と呼ぶのかと絶望していた涼佳に、「四方さん？」と声がかかる。

ローファーの爪先で踏ん張って声のした方向を見ると、十メートルほど離れたベンチに、同じ高校の制服を着た男子が参考書をひらいて座っていた。薄茶色の地毛が日に照らされ、ますます明るい色に見えている。

彼と目が合ったとたん、涼佳の喉が一気にひらいた。

「植園くん、おはよう」

　思いがけず大きな声が出て、モヒカン男が驚いたように振り返る。その一瞬の隙をついて、涼佳は腕を引き抜いた。

「すみません。私、もう行かなきゃ」

「どこへ？　あんた、このホームで電車待ってたんじゃねぇの？」

　モヒカン男は三白眼を細め、涼佳を睨《ね》めつける。そこへ、唇をぎゅっと結んだ男子生徒が割り込んできた。少し息があがっている。頬が紅潮していたが、これは感情とは関係ない。もともと色白で、寒いと頬や耳や鼻の頭がすぐに赤くなる体質なのだ。

「――あんた何？」

　露骨に不機嫌そうな声を出すモヒカン男に視線をまっすぐ向け、次いで涼佳を見下ろし、男子生徒はゆっくり口をひらく。

「すみません。俺ら、大事な用があるんで失礼します」

　言いながら、涼佳を背中で隠した。肩の位置が、この間見た時より少し高くなっている。高三になってもまだ身長が伸びつづけているあたり、何事もマイペースな彼らしい。

「俺らって――あんた、この子のカレシっすか？」

　モヒカン男の不躾《ぶしつけ》な問いかけに、男子生徒はすぐさま首を横に振った。

「弟です」

「おとうと？　だって、あんたら、たしか苗字が違って――」

三白眼をみひらいて涼佳と男子生徒を見比べるモヒカン男を置いて、男子生徒は涼佳の背中を押して歩きだす。涼佳は遅れないよう、懸命に歩幅を合わせた。

モヒカン男が完全に視界から消えるホームの端まできて、男子生徒はようやく足を止めた。

「四方さん、平気？」

「平気。平気。春は嫌だね、変な人がわいてきて――」

「まだ冬じゃん」

「もう立春すぎたから。暦の上と変な人の頭の中では、春なんだよ」

そこまで早口で喋ってから、涼佳はやっと男子生徒と目を合わせる。

「助けてくれてありがとう。でも植園くん、何でこんなところにいたの？　学校に行ったんじゃなかった？」

彼――植園聖《ひじり》は、母親の再婚相手である植園の息子だ。戸籍という紙切れの上では赤の他人だが、この三年間、一つ屋根の下で家族――姉弟《きょうだい》として暮らしてきた。学年は同じだが、誕生日の遅い聖が弟ということになっている。浮かれた新婚時代に、母親と植園が話し合ってそう決めたのだ。

「自習室の暖房が壊れたみたいで、クソ寒かったんだよ。この大事な時期に風邪引きたくないから帰るって友達が言うから、俺もいっしょに帰ってきて、みんなと別れたあとに、電車が来るまで年号覚えてたら、急にうるさくなってさあ。見れば、四方さんが捕まってるんだもん」

「ペンギンの乗ってる車両まで連れていけって、あの変な人が騒ぐから」

「ペンギン？」

変な人ではなくペンギンの方に食いついてきた聖に、涼佳も話を合わせる。

「そう。私、今日やっと会えたんだよ、ペンギンに」

「足まで踏まれちゃったもんね」と涼佳は胸をそらした。聖は面食らったようにまばたきしていたが、急に顔を崩してにかっと笑う。

「へえ、よかったじゃん。ペンギン鉄道で通学してるウチの高校のやつで、ペンギンと会ってないの、四方さんだけだったもんな」

「――間が悪いのよ、私、昔から」

「そんなことないでしょ」

あっさり笑い飛ばしてから、今度は聖が涼佳になぜここにいるのかと尋ねてきた。

「四方さんは予備校の自習室に通ってるって、母さんが言ってたけど」

「いつもはね。今日は特別。——あの人に離婚届出してこいって頼まれちゃったから」

一瞬にして曇った聖の顔を見つめ、涼佳はこっそりため息をつく。

——ほらね、私って間が悪い。

四方という苗字のまま斜に構えて家族になった涼佳と違い、聖は最初からずっと素直で好意的だった。涼佳の母親のことを初対面の日から屈託なく「母さん」と呼んで狂喜させたし、同じ高校に進むことを知った涼佳が機先を制して「複雑な家庭環境をなるべく知られたくないから、苗字で呼び合って他人のフリしよう」と提案すれば、学校ではほとんど話しかけてこなかったし、家の中でも「四方さん」と呼びつづけてくれた。

唯一、聖が受け入れがたいと拒否反応を示したのは、母親主導で両親が「離婚」を宣言したときだ。

「今日？　今日、もう出しちゃうの？　四方さんが代理で？」

悲しみを全開にして取り乱す聖を見て、涼佳はいらいらする。

「私は郵送をすすめたし、直接窓口に提出したいなら、松葉杖が取れてから自分で出せって言ったんだけど——ほら、あの人、ダメなもんはダメ、無理なもんは無理って、思い込んだらこうだから」

涼佳が両掌を顔の幅にひらいて前に動かすと、聖は唇を噛んでうつむいた。

「やっぱり——離婚は避けられないか」

子犬のようにわかりやすくしょげた聖を、涼佳は白けた気持ちで見つめる。

「——あ、そろそろ電車が来るみたいだから、私はここで」

片手を挙げて乗車列に去ろうとすると、聖はおもむろに顔を上げ、「離婚届、家に忘れてきてないだろうね？」と尋ねた。

「え」

「四方さん、肝心な時に肝心な物を忘れがちじゃん」

むう、と涼佳は唸ってしまう。悔しいが、反論できない。定期テストで必要な文房具を何度貸してもらったことか、家に忘れた締切当日のレポートを何度持ってきてもらったことか、ノンシャランに見えて意外としっかり者の聖には、〝他人のフリ〟を求める一方で、高校生活を陰ながらサポートしてもらった負い目がある。

「ごめん。ちょっとリュックの中、見てくれる？　ぐしゃぐしゃにならないよう、クリアファイルに入れて持ってきてるはずなんだけど——」

涼佳が背負ったリュックを向けると、聖は「失礼しまーす」とジッパーをひらいた。丁寧に探してくれている感触が背中ごしに伝わってくる。くすぐったくなって身をよじった涼佳の顔を、聖が後ろから覗き込んできた。

「――クリアファイルなんて、ないけど」

「嘘だ」

あわててリュックをおろし、自分でも見てみる。そんなはずはない。たしかに食卓の上にあった離婚届の薄い紙切れをファイルに挟んで、リュックに――と、朝から目にした光景を順に思い返していた涼佳の動きがふと止まる。

「あのときだ」

怪訝そうに首をかしげる聖に体を向け、涼佳は繰り返した。

「そう。あのときだよ。電車の中で、急ブレーキがかかって、ペンギンが宙を飛んで――まあ、それは置いといて。私、リュックの中身を全部ぶちまけちゃったんだ」

涼佳は顔を上げて向かいのホームを見る。残念ながら、連結作業を終えた電車はすでに発車したあとらしく、影も形もなかった。

「どうしよう？　今から電車に追いつくなんて無理だし――どうしよう？」

頭を抱えた涼佳だったが、ホームに駅員を見つけ、聖を置いて駆けだした。

事情を話すと、駅員は遺失物保管所の存在を教えてくれる。追いかけてきた聖が後ろに立つのを待って、涼佳は向き直り、駅員に言われた言葉をそのまま伝えた。

「電車や駅での落とし物や忘れ物は、海狭間駅の遺失物保管所ってところに集まるんだって」

「うみはざま？　そんな駅、近くにあったっけ？」

首をひねる聖に、駅員はモスグリーンのズボンのポケットから懐中時計を出して、時間をたしかめながら言う。

「支線の終点にある、海に囲まれた駅なんです。その支線自体、沿線にある工場勤めの人しか使わないから、知らなくて当然かも。ウチの駅から油盥線ってやつに乗ってください。一時間に一、二本しか出てないんだけど、今なら——」

親切な駅員はいったん言葉を切って懐中時計を指し、「十二分しか待たなくていい」とにっこり笑う。涼佳は礼を言って、油盥線のホームに移るために、ふたたび階段を上がった。

自分につづけて聖も礼を言っていたのが気になって振り向くと、案の定、後ろをついてきている。涼佳は階段を上がりきったところで、振り返った。

「植園くんは家に帰っていいんだよ。たしか明日、受験本番でしょ？」

「でも——」

「離婚届なくしたのは私だし、植園くんは家に帰って最後の追い込みを——」

「親の離婚は、俺の問題でもあるから」

聖はめずらしく強い口調で、涼佳の言葉を遮る。そしてすぐに、にかっといつもの笑いを見せた。

「それに海狭間——だっけ？　海に囲まれてるなんて、おもしろそうな駅じゃん」

「そうかなあ？」

疑わしそうに目を細める涼佳の肩をぽんと叩き、「とにかく行ってみようよ」と聖は先頭きって油盥線のホームへと向かった。

＊

三両しかないオレンジ色の電車に揺られて辿り着いた駅は、たしかに海に囲まれていた。ただし爽やかな青い海とはほど遠い、巨大なコンビナートに面した灰色の海だ。今が真冬であることや〝遊泳禁止〟の立て札を差し引いても、泳ぎたいとはとても思えない海だった。

涼佳と聖が降りるとすぐ、電車は折り返し運転で去っていく。扉が閉まる前、ホームに発車ベル代わりの甘い音楽が流れた。タイトルは忘れたが、母親が好んで鼻歌にしている何曲かのうちの一つだ。涼佳は耳の下で切り揃えたボブカットをいらいらと手で払った。

「寒い！」

不機嫌を天候のせいにして、ホームの端に見えている階段へ向かう。海とホームの写真をスマホのカメラで何枚も撮っていた聖が、あわててついてきた。

下に延びた階段には太陽の光が届かず、薄暗い。ホームは二階、改札は一階という造りの駅らしい。ローファーの足音を響かせて階段を降りると、ぽつんと改札があった。他には何も見当たらない。駅員の姿もなかった。

「無人駅ってやつ？——遺失物保管所はどこ？」

「さあ？　とりあえず改札出てみる？」

聖はなだめるように言って、ＩＣカードを自動改札にかざす。涼佳もあとにつづいた。

床も壁も板張りになった山小屋のような待合室に出る。たくさんのベンチが置かれていたが、座っている者はいなかった。壁にかけられた時計の針は午前十一時を指そうとしている。予定通りなら、そろそろ役所に離婚届を出しおわっている時間だ。涼佳が母親に一報を入れようかどうしようか迷っていると、大きな工場の通用門が見えている外から、ふらりと待合室に入ってくる者がいた。

グレーのジャケットにモスグリーンのズボンという格好は、油盥駅のホームでいろいろ教えてくれた駅員と同じだ。つまり、彼もまた大和北《やまときた》旅客鉄道の職員に違いない。そう見当がついても、油盥駅の時のようにすぐ駆け寄れなかったのは、こちらの駅員の髪が赤く染まっていたからだ。

——モヒカンに赤髪に、って何なの？　今日はパンクの日？

戸惑う涼佳に目を留めると、赤髪の駅員はフニャッと口角を上げて、さっきのパンクスとはほど遠い、穏やかな笑顔を見せた。

「あ、すみません。ちょっと席を外しておりました。お待たせしちゃいましたか？」

ささやくような細い声がやさしく響く。涼佳は何と答えていいかわからず、聖を見た。聖もまた駅員の顔ではなく赤い髪に目を留めつつ、遠慮なく「ちょっとだけ」とうなずく。

赤髪の駅員は恐縮したように肩をすぼめた。腰を低くして涼佳達の前を通り、改札脇の壁に向かって立つ。と、いきなり壁が低い音を立てて横に動いた。

「——あ、引き戸？」

「はい。わかりづらいですか？」

涼佳と聖が同時にうなずくと、駅員は肩をすぼめたまま赤い髪を掻いた。

「からくり屋敷みたいだって、よく言われます。そんなつもりはないんだけど」

駅員にうながされ、涼佳と聖も部屋の中に入る。カウンターの向こうにPCの置かれた机が二つ並んでいた。普通のオフィスのようだが、暖房はさほど効かせていないらしい。コートを羽織ってちょうどいいくらいの、ひんやりした空気が鼻に触れた。

赤髪の駅員はカウンターの端の天板を持ち上げて向こう側にまわり、ていねいに頭を下げる。

「あらためまして——大和北旅客鉄道波浜線《なみはません》遺失物保管所の守保《もりやす》です」

「やまときたりょ——かく？　きゃく？」

さっそく舌を嚙みそうになる涼佳の肩を叩き、聖は天井からつりさげられた緑色のプレートを指す。

「〝なくしもの係〟だって」

聖の指先に目を向け、守保という名の駅員はフニャッと口角を上げた。

「そう。なくしもの係。こっちの呼び方でかまいません」

「つまりココは、電車や駅の落とし物や忘れ物が集まってくる場所なんですよね？」

涼佳の問いかけに、守保はうなずき、長い前髪のかかった目を細めた。

「何をなくされたんですか？」

「俺らの両親の離婚届です。記入済みの」

答えたのは、聖だ。頰が少し紅潮したその横顔を盗み見て、涼佳は聖がついてきてくれてよかったと思う。自分一人だったら、いくらなくしもの係にだって躊躇なく「親の離婚届を探してます」とは言えなかった気がする。

職業意識だろうか、守保の表情に変化はない。穏やかな口調のまま、なくした日時、場所、乗っていた電車と行き先等々の質問をつづけ、いつのまにか出してきた黒い表紙の大判ノートに、涼佳達の返答をメモした。情報が揃うと、ノートを抱えてにっこり笑う。

「まだココには連絡がきていませんが、どこかの駅か駅員の元に届いているかもしれません。問い合わせてみましょう」

「お願いします」

涼佳の声にうなずき、守保はPCを操作するためカウンターを離れた。PC画面を見つめ、マウスの音をカチカチとさせたあと、どこかへ電話をかける。もともとささやくような喋り方をするせいか、背中を向けて話している声はほとんど聞き取れない。涼佳はやきもきとカウンターに手をつき、身を乗り出した。

電話を切った守保が振り向き、すまなそうに首を横に振る。

「まだどこの駅にも届いていないようです。停車のタイミングで駅員が乗り込み、四方さんの乗車されていた電車内を隈なく探しましたが、見つからないとのことで――」

「そうですか。お手数をおかけしました」

涼佳はがっかりした気持ちが声や表情に出ないよう注意しながら、頭を下げた。

「ひきつづき探しておきますので、よかったら連絡先を残していってください」

そう言って、守保は用紙とボールペンを差し出す。涼佳が氏名、住所、自宅と携帯の電話番号を書き込んでいる最中、聖が「あ」と声をあげた。涼佳と守保の視線が自分に集まったことに気づくと、あわててそっぽを向く。

「何？　言いたいことがあるなら、言いなよ」

「ん。今、思い出したんだけど、ペンギン――」

「ペンギン？」と大きな声を出したのは、守保だ。聖はうなずき、涼佳に視線を戻した。

「そういえば、俺も今朝、ペンギンを見たんだ。たぶん、四方さんが車両で見かけたあとだと思うんだけど」

「どこで？」

涼佳と守保の声がかぶる。聖は少し考えてから、慎重に答えた。

「油盥駅。うん。たしか油盥駅の向かいのホームだ。ひょこひょこ歩いていくペンギンを、年号を覚えながら見送ったんだった。あのペンギン、くちばしに何か咥《くわ》えていたなあって、今、急に思い出した。紙切れみたいな何かだったよ。ひょっとしたらアレが――」

「離婚届？」

涼佳は口をおさえる。電車の急ブレーキで吹っ飛び、サラリーマンにぶじ抱き止められたあと、ペンギンはどうなった？　おそらく、すぐに床におろされたのではないか？　そのあたりの記憶がないのは、涼佳がリュックの中身を床にぶちまけ、拾い集めている最中だったからだ。周囲に気を配る余裕がまるでなかった。広範囲に散らばったリュックの中身は、親切な乗客達がすべて拾ってくれたと思っていたが、ひょっとしたらペンギンも拾ったのかもしれない。クリアファイルからこぼれた紙切れを咥えて、そのまま歩き去った——。

「ありえる」

涼佳がつぶやくと、今度は守保がカウンターから身を乗り出した。

「万一紙なんて食べちゃったら、ペンギンの体に毒です。まいったなあ」

離婚届の行方より、ペンギンの体を心配している言い方だ。若干引っかかりを覚えつつも、涼佳は聖を見上げた。

「ペンギンが今も咥えたまま歩き回っているなら、探すしかないよね」

「あ——うん。でも、ペンギンの行方なんて追えるわけ？　ＧＰＳがついてるわけでもないのに」

「ＧＰＳはついてませんが、だいたいのお散歩コースならわかりますよ」

話に割って入ってきた守保は、涼佳と聖の視線を受けてフニャッと笑った。

「ペンギン、この駅で暮らしているもんで」

「え。ペンギン鉄道のペンギンって、あなたのペットだったんですか？」

聖の素っ頓狂な声に、守保はさらさらと赤い髪を揺らす。

「いえ。私はお世話をまかされているだけです。一応、この駅に住処《すみか》はありますが、それはあくまで一時的措置といいますか——」

守保の長くなりそうな説明を聞いている余裕は、涼佳にはなかった。話を戻して確認する。

「とにかく、そのお散歩コースを辿れば、ペンギンが見つかるんですね？」

「彼にもイレギュラーな行動があるだろうから、断言はできません。ただ、やみくもにこの辺の路線を全部潰していくよりは、効率がいいかと」

守保はペンギンを「彼」と呼び、「そっか。あなた方は今朝、彼を見かけたんですね」と嬉しそうに何度も嚙みしめた。次に、壁に沿って置かれたいくつものロッカーの中から、職員用の大きな路線図を引っ張り出してくる。涼佳と聖が見やすいようカウンターに広げ、ペンギンが乗る電車、乗り換える駅、よく降りる駅、訪ねる施設、かつて目撃されたことがある場所などを次々と伝え、付箋紙を貼ってくれた。

最後に、路線図をくるくると丸め、涼佳に差し出す。

「これをお貸しします。同じ物がもう一枚あったんですけど、必要な方にあげてしまいました。もう予備がないのでこちらをお譲りすることはできませんが、返すのはいつでもかまいません」

「ありがとうございます」

同時に礼を言った涼佳と聖をまぶしそうに見比べ、守保は黒目がちな目をしばたたいた。

「あなた方姉弟のなくしものが、見つかることを祈っています」

包み込むようなその言い方に、涼佳は心強くなる。絶対見つかる、と信じることができた。

*

海狭間駅からふたたびオレンジ色の電車に乗り込む。折り返しの始発駅だから当たり前だが、乗客は涼佳と聖だけだった。

朝とは角度を変えた日差しにあたためられたシートに、並んで腰掛ける。さて、どこから探そうかと、涼佳が大きな路線図をひらくと、横から覗き込んだ聖が一点を指差した。

「華見岡《はなみおか》に行ってみない？」

「何で？」

「お腹空いた。昼ごはんにしようよ」

「あのねえ！　この状況でよくお昼ごはんのことなんか——」

文句を言いかけた涼佳の腹が鳴る。聖は手を叩いて遠慮なく笑い、息もきれぎれに言った。

「ペンギン、も、ランチタイムかも、よ？」

「あっそ。けど——何で華見岡？　たしかに守保さんが印をつけてくれた、ペンギンお散歩コース圏内にある駅だけど、何で決め打ち？」

「行きたい店があるからだよ」

　聖は当たり前じゃないかと言わんばかりの顔を向ける。まともに目が合う。三年間姉弟として一つ屋根の下で暮らしてはいたが、こんなに長く二人きりで行動したり話したりするのは、はじめてかもしれない。涼佳はふと気づいてしまい、同級生かつ血のつながらない弟というややこしい設定を持つ男子と、どんな顔で向き合ったらいいのかわからなくなる。

「わかった。じゃあその、植園くんおすすめのお店で腹ごしらえしよう」

　言いながら、涼佳はさりげなく車窓に視線を移した。灰色の海と要塞のようなコンビナートが見える。もくもくと吐き出される白い煙は入道雲みたいな形で、季節をわからなくさせていた。電車の走行音の合間に、海を挟んだ向かいの工場の音がかすかに聞こえてくる。

　沈黙に耐えきれず、涼佳はふたたび口をひらく。

「植園くんが明日受ける私大、たしか第一志望だよね？」

「そっ。国公立は受ける予定ないし、私大の滑り止めは、今のところ全滅。合格発表がまだのところもあるけど——どう？　俺のこの絶体絶命っぷり」

「暢気《のんき》にペンギン探してる場合じゃないよね」

「それな」と言いつつ、けらけら笑っている聖が、涼佳は信じられない。

涼佳の顔が曇ったのを見て、聖が長い足を組み直した。

「四方さんは国立が第一志望だから、二次試験まではまだ少し余裕があるね」

「そうは言っても、あと十日ちょっとでやってくるけど」

「まあ、四方さんならだいじょうぶでしょ。それに、滑り止めの私大は受かってるんだし」

「受かったけど、行くつもりはない」

きっぱり言い切る涼佳に、聖は少し鼻白んだ顔をした。

「第一志望絶対主義？」

「そういうわけじゃなくて——ほら、離婚したら、またあの人に金銭的な負担がかかるから。私の奨学金やバイト代込みで考えても、やっぱりあそこのお嬢様大学はないなーって」

空気が静まり、ふたたび電車の振動音だけが聞こえてくる。二駅ほど過ぎてから、聖がぽつりと言った。

「そういう話、四方さんは母さんとしたの？」

「してない。したところで、あの人の離婚の意志は変わらないだろうし。もし、そういう事情から離婚を撤回したら、それはそれで植園さんに失礼すぎるよ」

涼佳は喋りすぎたことを後悔しつつ、うつむく。聖の手が視界に入ってきた。節も目立たず、ささくれ一つない、きれいな指をしている。小学校の頃から太陽の下でサッカーをつづけてきたわりに、聖の肌は女子より白く、なめらかだ。放課後や休日はスーパーやコンビニのアルバイトに励んできた涼佳は、水や段ボールを扱う作業で荒れた自分の手をやるせなく見つめた。

油盥駅で本線に乗り換え、華見岡に着くと、もう昼の一時を過ぎていた。電車に乗っている時間より電車を待っている時間の方が長い道中は、二月の寒さとあいまって、涼佳の体力と気力を容赦なく奪っていく。休息が必要だった。

「おすすめのお店はどこ？　駅から近い？」

「すぐ近く。駅ビルの中」

「助かった」

かじかんだ手で思わず万歳した涼佳を、「四方さんって、案外ちゃんと喜ぶんだね」と聖がおもしろそうに見つめてきた。うっかり素を見せてしまった自分が悔しい。涼佳は聞こえないふりをした。華見岡駅のコンコースから延びた連絡通路を使って、外の空気には触れないまま駅ビルに移動する。中央に掲げられた案内板を涼佳が見上げると、聖が後ろからこともなげに言った。

「二階に〈デイジー〉って店、入ってるでしょ？」

「〈デイジー〉？　まさか、ファミレスの〈デイジー〉？」

「〝まさか〟って何？　〈デイジー〉は〈デイジー〉でしょ。〈デイジー　華見岡駅前店〉」

涼佳は目をみひらいたまま聖を振り返る。

「——植園くんが〝行きたい店〟なんて言うから、私はてっきり穴場の個人店か何かかと」

「えー。ファミレスすすめたら、ダメ？　〈デイジー〉おいしいよ？」

涼佳が言葉を探していると、聖は「それに」とつづけた。

「四方さんが覚えてるかどうかわかんないけど、この店ではじめて会ったんだよ、家族が」

「——覚えてるってば」

涼佳は聖と並んで〈デイジー〉に向かいながら、ピンクのマフラーに顎をうずめる。


三年前の冬、中三の涼佳は塾を休まされ、母親に無理やり〈デイジー　華見岡駅前店〉に連れてこられた。やたら派手なクリスマスツリーが飾られている待合室で、中年男性と同い年くらいの男子が待っていた。中年男性は母親を見ると、ぱっと顔をかがやかせて立ち上がり、隣で男子が礼儀正しく頭を下げた。

——紹介するわ。植園さんと、息子の聖くん。

混み合うファミレスの待合室がいきなり親族紹介の席になり、涼佳は面食らうやら恥ずかしいやら腹が立つやらで、すぐには言葉が出てこなかった。恋は盲目状態の植園はさておき、自分と同じく親に巻き込まれた形の聖に、同情の視線を送ったものだ。けれど、聖はまるで動じた様子もなく、にかっと笑って言った。

――よろしく、姉さん。

母親が嬉しそうに、二人が同学年であること、誕生日は聖の方が遅いこと、第一志望の高校が〝運命的に〟――母親はそう表現した――同じであることをまくしたてるなか、涼佳は聖を睨みつけた。何が〝姉さん〟だ。親の横暴に屈しちゃってバカみたい。私は絶対屈しない。年齢的にまだ保護者の必要な立場だけど、気持ち的には今までもこれからも、ずっと一人だ。一人で平気だ。そんなことを思っていた。あのときの聖の身長はまだ涼佳と同じ百六十センチそこそこだったから、見上げる必要もなく、まっすぐ睨めたことを覚えている。

今日は待合室に入ると、クリスマスツリーの代わりに発泡スチロールでできた雪だるまが飾ってあった。あの日と同じように、しばらくそこで待たされる。背もたれのないビニールシートに並んで腰をおろし、聖が苦笑した。

「あのとき四方さん、待ってるときもごはん食べてるときも、ずっと怒ってたよねえ」

「――まあね。ファミレスで顔合わせなんて、安っぽくて嫌だったの。あの人、そういうところに本当に気が回らないというか、杜撰《ずさん》だからさ」

母親をこきおろす涼佳に、聖は「誤解だよ」とゆっくり首を振る。

「このお店を指定したのは、俺。俺が〝どうしても〟って頼んだんだ」

「は？　嘘？　何で？」

「悲しい思い出に、幸せな思い出を上書きしたかった――みたいな？」

聖は肩をすくめて店の天井を見渡し、息を吐いた。

「ここは、俺を産んでくれた母親と、最後の食事をした店なんだよね」

「亡くなったお母さんと？」

涼佳の言葉に、聖は気まずそうに鼻の脇を掻く。

「あ、亡くなったって――四方さんは聞いてんだ？」

「違うの？」

「どうだろう？　失踪宣告が認められたから、たしかに死亡扱いだけど、俺はまだどこかで生きてる気がするな」

涼佳がどう相槌を打てばいいかわからないでいるうちに、聖は話を進めた。

「俺の母親はね、父さんが会社に行っている平日の昼間に、四歳の俺を連れてこの店に来て、食事して、で、俺を置いたままどこかへ行っちゃった。以来、行方も生死も不明」

「嘘」

「嘘みたいな話でしょ？　でも本当。〝トイレに行ってくるから〟って席を外して、俺がお子様ランチのおもちゃに気を取られている隙に、消えちゃった。幼児がずっと一人で席にいることを不審に思った店の人が通報して、警察から連絡のいった父さんが迎えに来るまで、俺は待ちぼうけ。いや、あのときはマジ心細すぎて、涙も出なかったね。俺は絶対誰のことも一人にしないし、どんなに嫌なやつの前からも黙って消えるのだけはよそうって、四歳ながら心に誓ったし、今も、あのときの誓いを守ってるよ」

「――全然知らなかった。あの人は知ってるの？」

「母さん？　うん。さすがに再婚する前に、父さんが話したと思うよ。四方さんに知らせなかったのは、きっと母さんのやさしさだ」

母親の〝やさしさ〟については多くの疑問符がついたが、涼佳はひとまずうなずいておく。ひどく衝撃的な告白を聞いた気がした。同情より、そんな過去があっても聖の心にはきれいな愛が保たれたという事実への畏怖を感じてしまう。

ウェイトレスが空いた席への案内に現れ、窓際のボックス席に通された。四人席に向かい合って座る。背もたれの高いシートは、イエローとホワイトのツートンカラーのビニール張りで、右上に店名のデイジーの花が刻印されていた。このデイジーの花マークは食器やグラスにもついており、機械調理で大量生産される料理の無機質さや安っぽさを薄める役割を果たしていた。ドリンクバーをなくし、料理はすべてウェイトレスが運んでくるシステムも、デイジーの花マークと同じ役割を期待してのことだろう。

パウチされた季節のメニューを見てから、聖はメニュースタンドに立てられた通常メニューをひらく。ふだんと変わらぬ明るい声で涼佳に話しかけてきた。

「ねえねえ。バレンタイン終わったのに、まだチョコ特集やってんぞ」

「何でスイーツのページ見てんの？　ごはん系食べなさいよ。お腹空いてるんでしょう？」

「そうだけど、俺、スイーツも好きだから」

そういえば顔合わせのときも、ごはんのあとに聖だけフルーツパフェを頬ばっていた。状況にも面子《メンツ》にも左右されず、のびのび振る舞う聖が信じられず、羨ましさを通り越していましかったっけと思い出し、涼佳は苦笑いを浮かべる。たしかに私は〝ずっと怒ってた〟。聖がどんな過去を持ち、どんな誓いを胸に顔合わせにのぞんでいるかなんて想像もしないで。

メニューに目を落としながら、涼佳はさりげなく尋ねた。

「それで――上書きできた？」

「できたよ。この店は、俺が母親に捨てられた場所ではなく、新しい母さんと姉さんとはじめて会った場所になった」

聖は間髪を容れず答えて、つづける。

「それから、姉さんとはじめてゆっくり喋れた場所にもなる予定——今からね」

涼佳が肩をすくめると、聖はにかっと笑い、テーブルの上の呼び鈴を鳴らした。

聖はハンバーグセット（ライス大盛り）とジンジャーエール、涼佳は明太子パスタとウーロン茶を頼む。ウェイトレスが二人の注文を端末に打ち込んでさがると、聖は窓を向いた。

窓といってもすぐ外は駅ビルの通路で、買い物や飲食を目的とした人々がひっきりなしに行き交っているため、木製のブラインドがおりていた。

「ここにはさすがにデイジーの刻印はないね」

聖はブラインドを指してひとりごとのようにつぶやき、視線をそのままにしてつづける。

「四方さん、母さんと仲良くね」

「は？」

「俺と父さんがいなくなったら、そっちの二人は会話がなくなりそうだから」

「あ、なくなるね。まず間違いなく」

涼佳がうなずくと、聖は大げさに顔をしかめた。

「そこ！　四方さんのそういうところ！　心配なんだよなあ」

「どうぞお気遣いなく」

涼佳は受け流して水をのむ。聖は眉間に皺を寄せ腕組みしていたが、飲み物が運ばれてくると、たちまち明るい顔に戻った。

ジンジャーエールのグラスを高々と掲げて待ち構え、涼佳がウーロン茶のグラスを持つやいなや無理やりぶつけてくる。

「姉弟の楽しいお喋りに乾杯――なんて」

カチンと安っぽい音が鳴ったグラスを見つめ、涼佳はぼやいた。

「受験を控えて、なくしものまでしちゃった状態で、〝楽しいお喋り〟をする自信なんて全然ないんだけど」

「まあまあ。そこはトークの達人の俺にまかせてよ」

「自分で言うか、それ」

一応ツッコんだものの、聖の自称が正しいことは、家の中や高校生活の折々に見聞きしてよくわかっている。誰にでも分け隔てなく話しかけ、喋る側だけでなく聞き役も上手にこなすため、聖の周りにはいつも人が集まり、同性異性問わず友達が多かった。

ストローを弄びながら、聖は「今日はずばり聞いちゃうけど」と切り出す。

「四方さん、俺のことが嫌いだった？」

「——いや、ちょいちょい腹は立ったけど、嫌いではなかったよ。遠かっただけ」

その言葉は嘘ではない。聖は自分とは対極にいる人間だと思う。赤の他人ならそれで割り切れるのに、何の因果か聖は家族で、ゆえに感情が波立つときもあった。苛立ちは妬ましさと背中合わせだと、思い知らされた三年間だった。

「えー。俺はずっと近いつもりでいた。四方さんと自分は似てるって思ってたから」

「どこが？」と涼佳は思わず声をあげてしまう。その剣幕に、料理を運んできたウェイトレスが驚いて皿を持ち直した。

テーブルに皿や鉄板が並び、ウェイトレスが「ごゆっくりおくつろぎください」と棒読みで言って去るのを待って、涼佳は口をひらく。

「学校中の人気者を自分の部活の女子マネージャーにして、いつのまにかちゃっかりカノジョにまでしちゃっているような男子のどこに、自分との共通点を見つけろと？」

ハンバーグを頰ばっていた聖は、わかりやすく目を白黒させた。その様子を見て、涼佳は笑う。

——もうすぐこの人は、赤の他人に、ただの元同級生に、なるんだ。

そう思ったら、少し気持ちが軽くなった。じきに高校も卒業だし、進路は別々になるし、もう目くじらを立てて距離を測ったり保ったりしなくてもいいかと気が大きくなる。

そして涼佳は聖相手に思う存分どうでもいい話をした。「トークの達人」の相槌は気持ちよく、つい幼い頃のエピソードまで披露してしまった。聖もまた小学生のときの失敗談をおもしろおかしく話してくれた。タイプは違っても、親の都合で家族の人数が増減するストレスに晒されてきた者同士だ。共感し合える話題も多く、手を叩いて笑いとばし、肩を叩いて慰め合い、いっしょに腹を立て、ハンバーグとパスタを一口ずつ交換して、また喋った。

気づけば、料理の皿だけでなく、飲み物のグラスまで空になっていた。

「ドリンクバーがあってもいいのにね、〈デイジー〉」

涼佳がつぶやくと、聖は待っていたようにメニューを広げる。

「スイーツ追加注文しない？　俺はフルーツパフェにする」

「結局、食べるんだ？　私は我慢しようかな」

「えー。何で？　楽しい思い出作ろうよー」

「うるさい。ああ、もううるさい」

聖が長い足で絨毯の床を踏みならすのをやめさせ、涼佳は聖のフルーツパフェに合わせ、抹茶わらび餅を注文した。

やがてデイジーの花マークがついたスイーツの器がそれぞれの前に置かれ、ふと沈黙が落ちる。涼佳が朱塗りのフォークを手に取る合間を縫って、聖は切りだした。

「俺、本当はもう家族を失いたくない。母さんと四方さんが俺の前から消えちゃうのは耐えがたいし、俺が母さんと四方さんの前から消えることになるのはもっとつらい」

涼佳は黙ってわらび餅を咀嚼する。水の入ったグラスをかたむけ、半分ほどのみほしてから言った。

「甘いね」

「わらび餅が？　それとも俺が？」

「植園くんもあの人といっしょ？　一人では生きられないタイプ？　勘弁してよ。子供にすがられて、どうにか維持する夫婦仲なんてぞっとする。そこまでして家族って必要？」

「四方さんは必要じゃないの？」

聖がまっすぐ聞いてくる。涼佳は唾をのみ、ゆっくりうなずいた。

「私はずっと一人だと思って生きてるから。家族がいようといまいと、何も変わらない」

ふたたび沈黙の時間が過ぎてゆく。涼佳は朱塗りのフォークをくるくる回していたが、やがてその動きを止めて、言った。

「食べ終わったら――ペンギン探しに戻ろう」

「――うん」

聖が小さくうなずいたのを確認して、涼佳は抹茶が申しわけ程度にまぶされたわらび餅を次から次へと頬ばった。それを見た聖も、フルーツパフェをお茶漬けのように掻き込んでいく。ほぼ同時に器を空にすると、どちらからともなく席を立った。

レジの前まで来ると、そこで控えていたまん丸いほっぺたのウェイトレスに声をかけられた。聖の中学時代の後輩らしい。聖が無邪気にはしゃいだ声をあげる。

「何？〈デイジー〉でバイトしてんの？」

「はい。はじめたばっかりです。今日は開校記念日で朝からシフト入ってて——聖先輩が入店されたときから気づいてたんですけど、カノジョさんといるのに声をかけちゃ悪いかなーって」

聖と涼佳を交互に見て、「結局、ここで声かけちゃいましたが」と舌を出す。

「レジで顔を合わせて、それでも知らんぷりされたら、俺がつらいわ」

聖は冗談めかして言いながら、さらりと「それに、カノジョじゃないよ」と伝える。

「えー。じゃ、友達？」

「ブー。残念。解答チャンスはあと一回」

突然クイズ形式となった会話に、後輩はレジを打つのも忘れて「え？　え？」と考えだす。

涼佳が正解を教えようと前へ出た瞬間、後輩は瞳を輝かせ、高らかに言い放った。

「わかった！　陰の生徒会長と手下その一！」

「え？　俺が生徒会長？」

「違いますよ。先輩は手下その一に決まってんじゃないですか。どう？　正解？」

「正解なわけあるか！」

涼佳の笑い声が店内に響く。店長に睨まれ、あわててレジ業務に戻った後輩に、聖が手短に本当の関係を伝えるなか、涼佳は笑いつづけた。

お釣りとレシートを聖に渡した後輩は、まだ腰をくの字に折って笑っている涼佳に若干引きながら言う。

「同じ高校に通う同級生の男女が、血のつながらない姉弟になって一つ屋根の下で暮らすなんて、キラキラ映画みたいですね」

「設定だけはね」

「配役が残念でしょう？」

ほぼ同時に聖と涼佳から突っ込まれ、後輩は首をすくめた。

「すみません。言われすぎて耳にタコができてます？」

タコはできていないが、家庭環境がバレるたび言われてきたのは事実だ。後輩がわかりやすくしょげてしまったので、涼佳はあわてて言葉を探す。

「あ、そうだ。あなた、今日ペンギン見なかった？」

「ペンギン？　ペンギン鉄道のペンギンですか？」

「そうそう。ちょっと事情があって、探してるんだけど」

気まずい空気を変えるためだけの質問だったが、意外にもあっさり情報がもたらされた。

「さっき店に入ってきたお客さんが、油盥駅でペンギンを見たって話してました」

「えっ、何時頃？」

「ついさっきです。本当に、まだ五分も経ってない」

「ありがとう！　助かる！」

涼佳は聖のリュックを叩き「行ってみよう」と駆けだす。聖は何か言いかけたが、結局従った。後ろで、元気を取り戻した後輩の明るい声がする。

「ありがとうございました。またいつでも〈デイジー〉にお越しください」

＊

同じ路線を使って、華見岡から油盥に引き返した。先頭車両に乗ってホーム全体を見わたしたので、ペンギンの居場所はすぐにわかった。上り線側ホームの端っこに立つ、ぽってりした黒い背中を見落とすはずがない。

電車から降りてすぐ駆け寄ってきた涼佳と聖の足音が聞こえているのかいないのか、ペンギンは背中を向けたまま、微動だにせず線路を眺めていた。涼佳はその悠然とした態度に見惚れ、スマホの音を消してこっそり写真を撮ってしまう。

「くちばし確認」

聖から指示が飛んだ。涼佳はあわててスマホをしまい、伸び上がって覗き込む。

「よく見えない――」

「もっと近づけよ」

「えー。驚かせたらかわいそうだし、逃げちゃうでしょう？」

「逃げたら、追いかければいいじゃん。ていうか大事なのは、くちばしの確認でしょ？」

「――そうだけど」

涼佳がじりじりと距離を詰めていると、左に曲がっていく線路を頭を傾けて眺めていたペンギンが、ふいに天に向かってくちばしをひらき「クァラララ、カァ」と鳴く。涼佳がペンギンの鳴き声を聞いたのは、これがはじめてだったが、感慨に浸る余裕はなかった。目をこすって身を乗り出す。

「離婚届がない！　どこ？」

ぱっかりあいたくちばしに、それらしき紙片は引っかかっていなかった。ペンギンの足元付近を見回したが、そこに落ちてもいない。では風に煽られたかと線路に乗りだす。やはり見当たらなかった。

涼佳ははっと掌で口をおさえる。

「まさか食べちゃった?」

たしか、なくしもの係の守保は、ペンギンが紙を食べたら体に悪いと言っていた。常識的に考えてもそうだろうと、涼佳も思う。ペンギンはヤギではないし、ヤギだってインクのついた紙は食べさせてはいけないと、どこかで聞いた。

「どうしよう? 吐き出させた方がいいかな? でもどうやって?」

振り向いておろおろと聖に問いかけると、聖は頰と鼻の頭を赤くしたまま、「それはない」とくぐもった声で言った。

「でも、ペンギンが何も咥えてなかったってことは、食べちゃったか、他所《よそ》で落としたか——」

「どちらでもない。ありえない」

聖が早口でふたたび涼佳の予想を否定する。涼佳はむっと口をとがらせかけたが、ペンギンが足をニジニジとずらして体の向きを変え、自分の脇をえっちらおっちら進んでいく姿に目を奪われた。

「かわいい」とつぶやきながら、とりあえずペンギンのあとを追う。唯一の手がかりだ。聖に呼び止められても、止まるつもりは毛頭なかった。

ペンギンは意外と足が速い。ペタペタと平和な足音を立てながら、体を左右に振って一心不乱に歩いていく。いや、ペンギン自身は走っているつもりなのかもしれない。その足取りはあまりしっかりとはしておらず、左右どちらかに体重をかけすぎて体が浮いたときは、翼をふわっと持ち上げて「おっとっと」と言いたげにバランスを取った。

ペンギンが移動をはじめてから少しして、電車到着のアナウンスが流れる。どうやらこれを予測しての行動だったらしい。電車が近づく気配を察したのは、風のにおいからか？　空気の揺れからか？　それともまさか、時刻表が読めるとか？　涼佳は感動にも近い驚きをもって、乗車列に向かうペンギンの丸い頭を見た。

急いだ甲斐あって、電車が滑り込んでくるより先に、ペンギンは乗車位置の印がつけてある場所に辿り着く。乗車列に並ぶ習慣はさすがにないらしいが、乗客達が善意で先頭を譲ってあげている。涼佳はやきもきしながら列の最後尾についた。

次の瞬間、リュックの肩紐を思いきり後ろに引っ張られ、転びそうになる。あわてて振り向くと、聖のこわばった顔が迫っていた。

「ちょっと。危ないじゃん」

抗議の声をあげる涼佳に、聖もまた少し怒った声を出す。

「さっきから何度も〝待って〟って言ってんのに、無視ばっかするから」

「無視してないよ。耳に入らなかっただけ」

「それを無視って言うんだよ」

「クァララ、カァ、ララ、カァカァ」

ペンギンの鳴き声が割り込んでくると、ひそやかな笑い声が起こった。それでやっと乗客達の視線が口喧嘩をする自分達に集まっていたことに気づく。涼佳はぱっと飛び退《の》いて聖と距離を取り、口を結んだ。

そこへ電車が入ってくる。ドアがひらき、降車する人が出尽くすと、ペンギンは両足をそろえてピョンと車内に飛び込んだ。そのあとに乗客達の列がつづく。あわてて駆け込もうとする涼佳のリュックの肩紐を、聖がふたたびつかんで止めた。

「四方さん、話を聞けよ」

「だってペンギン、電車に乗っていっちゃうよ？　見失ったら、また最初から探さなきゃいけない」

「ペンギンを探す必要はない。だって、ペンギンは離婚届を持っていないから」

「じゃ、やっぱりもう食べちゃっ――」

「食べてもいない。離婚届を持ってるのは、俺だ」

スローモーションがかかったように、聖の顔がゆっくり歪んでいくのを、涼佳は声もあげずに見ていた。視線の先で聖の口が小さく動いたが、ちょうど発車合図のメロディが流れ、何を言ったのか聞こえない。無視ではなく、本当に聞こえなかった。

電車が動きだす。ガラス張りになったドアの下の方で、白いラインの入ったペンギンの頭がちらりと揺れたが、すぐに見えなくなった。


電車が去りがらんとしたホームで、涼佳はリュックの肩紐をにぎりしめて立つ。聖と正面で向き合い、顔を上向かせて彼の目を見つめた。

「ごめん。油盥駅で、四方さんのリュックの中を確認したときに抜き取った」

聖はぼそっと謝り、自分のリュックをおろして中からファイルに挟まった離婚届を出す。差し出されたそれを受け取り、涼佳は胸に抱いた。手の空いた聖は深々と頭を下げ、もう一度「ごめん」と謝る。

「四方さんが離婚届を出しちゃう前に、ほんの少しでいいから時間が欲しかったんだ。〈デイジー〉でお昼を食べるくらいの時間でいいから、欲しかった」

「何で？」

「〝何で〟って？　だって――」と言いよどんだ聖の目の縁が赤くなる。

「四方さんと姉弟らしいこと、ほとんど何もできなかったから。このままお別れなんて、寂しすぎるじゃんか」

「〝寂しい〟って。別に私がいなくても、植園くんの周りにはいつだって大勢の人が――」

「その人達全員、俺の〝兄弟姉妹〟じゃないから。俺の〝姉〟は、四方さんだけだから。わかんない？　俺、本当に姉弟ができて嬉しかったんだよ。全然喋ってくれなくても、ほとんどいっしょの時間がなくても、学校で無視されまくっても、それでもこの三年間嬉しかったんだ。家の中に〝子ども〟という立場の人間が自分以外にもいるってことが、どれだけ心強かったか――本当にわかんないの？　ねえ、四方さん！　俺はまた一人にされたくないし、四方さんを一人にしたくもないんだよ」

涼佳は聖のまっすぐな視線から逃れられない。視線だけじゃない。聖は感情も生き方もすべてまっすぐだ。ねじれて曲がった自分が、たとえようもなく哀れに思えるほど。

素直にならなきゃと心ではわかっていても、口をついて出たのは自分を守る言葉だった。

「ごめん。わかんない。言ったでしょう？　私はずっと一人だと思って生きてるから。植園くんとは違う」

涼佳のかすれた声を聞いて、聖の目にさっと影が差す。空気が押される。この感覚は朝も味わった。分厚い膜で周りと仕切られたときの感覚だ。

ふいに聖の肩が震えだす。訝しげな涼佳の前で、聖はだんだん声を出して笑いはじめた。顔を崩して、太陽を受けて薄茶色に透けた髪を掻き上げ、笑っていた。

けっして涼佳と目を合わせようとはせずに。

「なるほど。そっか。一人か。わかった。大事な時期に時間取らせて、本当に悪かったよ」

ようやく笑い止んでそう言うと、聖は目尻の涙を親指で拭ってくるりと背を向ける。

「離婚届、役所に提出しにいこう」

涼佳は「うん」と小さな声で返事をして、離婚届のファイルをリュックにしまった。けれど、ジッパーをしめる手が思うように動かない。背を向けた聖がどんどん先に歩いていってしまうのに、動作を一向に速められない。体が行動を拒絶する。口に出してしまった言葉が千本の針となって心に突き刺さってくる。「ああ、もう」といらついた声をあげてリュックを揺すると、中の荷物が移動し、すっかり忘れていた物が視界に入った。

「植園くん、待って。役所の前になくしもの係に寄ってかない？　守保さんに事情を説明したいし、路線図も返さなくちゃ」

聖が動きを止め、ゆっくり振り返る。やっと目が合う。

涼佳は、手に掲げた大きな路線図を懸命に振った。

＊

乗り継ぎに時間がかかり、涼佳と聖が海狭間駅に戻ってこられたのは、冬の日が傾きはじめた時間だった。

板張りの壁に同化したなくしもの係の引き戸を、今回はちゃんと見つけてノックする。すぐに戸は横に滑り、守保が顔を覗かせた。目の前の涼佳、その後ろに控える聖を捉え、さらに背伸びして聖の後ろを見る。しばらくそのままの姿勢でいたが、涼佳と聖の視線に気づき、フニャッと笑って踵を床につけた。

「なくしもの、見つかりましたか？」

「はい」と涼佳はうなずき、聖が口をひらく前に早口で言った。

「結局、私のリュックに入ってました。ごめんなさい」

守保は不思議そうな顔で涼佳と聖の顔を見比べていたが、何も聞かずにまた笑顔になる。

「よかったですね」

「はい」

涼佳はリュックをおろし、大きな路線図を取り出すと、うやうやしく差し出した。

「つきましては、こちらの路線図をお返しします。ありがとうございました」

守保は涼佳から受け取った路線図をいったん広げて眺めたあと、くるくる丸めながら独りごつ。

「ペンギンを追うまでもなかったか」

「あ、ペンギンは追いかけましたよ。見つけましたし」

涼佳はスマホの画像データから、さっき駅でこっそり撮影したペンギンを選んで表示する。

「頭に白い筋の入った、このペンギンですよね？」

守保がぐいと身を乗り出して涼佳のスマホを覗き込み、「そうです。そうです」と何度もうなずいた。あまり背の高くない守保とは顔の位置が近い。涼佳はどぎまぎしながらも、その近い距離を保ったまま説明する。

「油盥駅のホームで会えました。電車に乗って、またどこかへ行ってしまいましたけど」

「へえ。そうなんですか」

守保はようやくスマホから顔を離した。長い前髪が揺れ、瞳にやさしい光が宿る。見惚れている涼佳に向かって、首をかしげた。

「さて、どうしましょう？」

「どう、って？」

涼佳が尋ねるのと同時に、今まで黙っていた聖も同じ質問をして、二人の声がかぶる。

「なくしものはお返ししますか？　それとも、お預かりしておきますか？」

「そんなの決まってんじゃゃ――」

「ここに、預けられるんですか？」

聖の呆れ声をさえぎって、涼佳は足元に置いたリュックと守保の顔を見比べた。守保はしっかりうなずいてくれる。

「はい。必要とあれば」

その穏やかな笑顔を見ていたら、涼佳は鼻の奥がつんとしてきた。リュックの中に大きな路線図を見つけたとき、なくしもの係に立ち寄る口実を見つけてほっとした。このまま聖と他人になる前に、どうしてももう一度、赤い髪のやさしい駅員と会いたかったのだ。会わなくちゃいけない気がしていた。

涼佳は夢中でリュックに屈み込み、クリアファイルに挟んだ離婚届を持って、聖に向く。

「預けちゃおうか？」

「は？――何言ってんの？」と聖の声が怒気を帯びた。

「この期に及んで、何で〝預ける〟とか言うの？　たとえこの離婚届を出さなくても、俺らの親の離婚という未来はなくならないよ？」

「でも、植園くんは思ってるんでしょ？　離婚しないでほしいって」

「思ってた、だよ。ついさっき、気持ちの整理がついた。四方さんみたいに、俺も〝一人で〟生きることにする」

涼佳は言葉を失い、聖の顔を見つめる。聖の薄茶がかった瞳に、ひどく傷ついた自分の顔が映っていた。これは聖の顔だと思う。自分が何度も傷つけてきた聖の顔だ。けれど同時に、私の顔だとも思った。

——世の中には二種類の人間がいる。一人で生きられる人と、一人では生きられない人。

自分の拠り所となっていた選別方法。涼佳はずっと自分を前者だと思ってきた。母や植園や聖は後者だと勝手に線引きしていた。

「ダメだよ、そんなの」

口から漏れた声はずいぶん小さく、かすれていたので、聖には届かなかったようだ。

薄い唇を結び、すっきりした聖の表情からは、彼がもう心を決めたことが伝わってくる。

素直でまっすぐな聖は、一度決めると頑固でもあった。涼佳は動揺する。

自分がさんざん口にしてきた「一人でいい」「一人で生きる」という言葉はこんなに張りぼてだったのかと、膝の力が抜けた。誰かに「いっしょにいて」と頼むよりずっと気楽に口にでき、そう宣言することで、一人ぼっちのプライドが形だけ保たれる。何て品のない言葉だろうと、涼佳は唇を嚙みしめた。そして、そんな言葉を口にすれば、周りの人をどれほど拒絶することになるのか、拒絶された人はどれほど傷つくのか、さらに言葉を口にした自分自身がどれほど追い詰められるのか、聖に言われてはじめてわかった。

やんちゃな笑顔が封印されてしまった聖の顔を見つめ、涼佳は激しく首を横に振る。守保に向き直り、クリアファイルごと離婚届を突き出した。

「預かってください」

「四方さん、ダメだって。役所に行かなきゃ――」

「嫌だ」

自分の口から出た言葉の強さに、涼佳は焦る。焦りすぎて、受け取ってくれようとしていた守保の手から、ふたたびクリアファイルを奪ってしまう。

聖と守保の視線を一身に浴び、涼佳は離婚届を抱いたままじりじりと後ずさった。

「何なんだよ？　意味わかんんね」

ストレートに怒りを爆発させている聖に、涼佳はうなずく。

「そうだよね。私も自分の行動が、本当によくわからない。間が悪いにもほどがあるよね。でも――このまま離婚届を出しちゃいけない気がするんだ。植園くんを見て、そう思ったの」

「は？　俺？」

「植園くんを、私みたいにしちゃいけない。私も、このままじゃいけない。だから――」

言葉が見つからなくなって、涼佳は離婚届を抱いたまま、なくしもの係を飛び出した。聖が何か叫んだが、足は止めない。電車が着くまでまだ時間があることを知っていたので、ホームにはのぼらず、待合室を抜けて外に出る。

そのまままっすぐ走っていこうとすると、正面の工場の通用門に立つモジャモジャパーマの警備員が怖い顔で腕を交差させ、バツの形にした。進入禁止らしい。

涼佳は仕方なく止まる。警備員はぎくりと目をむいた。どうやら今にも泣きだしそうな顔になっていたらしい。警備員は少し考えて、腕を旋回させる。そのジェスチャーに従い、涼佳は左を向く。海に向かってつづいている細い道が見えた。涼佳が道を指差すと、警備員が大きくうなずく。「そこを行け」ということらしい。涼佳もうなずき、また走りだす。

しばらく進むと、アスファルトだった道が、ゴム製の赤い遊歩道になった。両脇には剪定された低木が植わっている。どうやら公園と遊歩道を兼ねた憩いスペースに入ってきたらしい。道の途中に花畑があったり、ベンチがあったり、アスレチックがあったりと、涼佳のように、やむにやまれず海狭間駅で時間を潰すことになった者への配慮が窺えた。

ちょうど花壇の作ってある休憩スペースまできたときに息が切れ、涼佳の足が止まる。足を止めた理由は、他にもあった。赤、白、黄色と歌のように咲く丸い花が見えたからだ。

「デイジー」

花の名を口にして、涼佳は花壇の正面に置かれたベンチにへなへなと腰をおろす。運動をほとんどしてこなかった体に、さっそく全力疾走のツケがきていた。

あらためて手に持ったままの離婚届に目を落とす。嫌なものは嫌だと主張して行動してみたけれど、やっぱり柄じゃないと思う。残してきた聖がもう気になっている。家で離婚届受理の知らせとアイスを待っている母親や植園のことも、仕事中の守保に迷惑をかけてしまったこともよみがえってきて、涼佳は自己嫌悪で頭を抱えた。

足音が近づいてくる。この三年間、家で、学校で、ホームで、何度も聞いた足音だ。必要以上に近づかないようにしていたけれど、家族でいる間にすっかり覚えてしまった足音だ。

「植園くん——」

涼佳が頭から手をおろすと、聖はむくれた顔のままそっぽを向いて言った。

「海狭間駅の外には、フジサキ電機の工場か臨海公園しかないんだって。つまり工場に入れない四方さんが選ぶ道は、こっちしかないわけ。こんな行き止まりの駅から、一体どこに逃げるつもりだった？　そんなに一人になりたかった？」

涼佳はあわてて首を横に振る。何度も強く振った。言葉が押し出される。

「一人は、もう嫌だ」

聖は面食らった顔で涼佳を見下ろしていたが、やがて口元を隠すようにネックウォーマーの中に顎をうずめた。くぐもった声で喋る。

「わかってる。だから、追って来た」

聖は花壇のデイジーを見回しながら、涼佳の隣にすとんと腰掛けた。横を向けば、寒風で赤くなった聖の耳と頬が見える。冷たい空気が揺れて、涼佳は聖に自分と同じにおいを嗅いだ。家のにおいだと気づいた。

「言ったろ？　俺は絶対誰のことも一人にしないし、どんなに嫌なやつの前からも黙って消えたりしない。母親に置き去りにされた四歳のときに、そう誓ったんだって」

風にのって、波の音が聞こえてきた。むきだしの頭や頬や目がひりひりしてくるような寒さだ。世界の隅っこに二人でいるような心地になる。

「一人は寂しいよね。特に家の中で一人ぼっちは」

涼佳の言葉に、聖は頭の後ろで両手を組んで空を見上げる。ネックウォーマーから覗いた口元は綻《ほころ》んでいた。

「あー。四方さんがやっと本音で喋ってくれた」

「ごめん。〝一人で平気〟って言い張ってないと、自分がダメになると思ってた」

「――そうだったんだ？　俺は逆だな。大事な人に〝あなたが必要だ〟って伝えないと、自分がダメになっちゃう気がしてた」

涼佳は聖の横顔を見つめる。その曇りのないまっすぐな眼差しにひるみそうな自分を叱咤する。

「植園くんは強いね。私はきっと、その強さが欲しかったんだ。でもまぶしくて、遠くて、自分にはとても無理だと諦めてしまった。それが悔しくて、恥ずかしくて、意地を張っていたんだと思う。ごめんなさい。やっぱり私と植園くんは違うよ。全然似てない」

聖が横顔を向けたまま両手を頭からおろし、膝に置く。

「そっかなあ？　表裏一体というか、やっぱり似てると俺は思うんだけど――とりあえず、まあ、よかった。四方さんに嫌われてなくて」

「またそれ？　そんなに気にしてたの？」

涼佳が目を丸くすると、聖は口をとがらせる。

「当たり前だろう？　〝姉弟《きょうだい》〟に嫌われるって最悪じゃん。俺は耐えらんないよ」

「あー」と今度は涼佳が頭の後ろで両手を組んで空を見る。空はあかね色に染まっていた。

「最後の最後にここまでわかり合っちゃって、どうすんのよ？　こんなことなら、家族でいるうちにもっと植園くんと喋っておけばよかった。家族で出かけたり、食事したり、当たり前のようにいっしょにいたらよかったよ。たとえ学校の人達に〝キラキラ映画みたい〟って言われてもね」

「キラキラ映画で悪いかーってね」

聖が笑いながら調子を合わせてくる。涼佳も噴き出し、空に向かって叫んだ。

「これが、うちら姉弟の現実なんじゃーってね」

「姉弟か」と聖がしみじみ言う。

「うん。姉弟だった。全然交流なかったけど、ずいぶん冷たくしちゃったけど、ちゃんと姉弟だったよ、私達」

二人は顔を合わせることができないまま、それぞれ花壇に咲くデイジーを見下ろした。

そのとき、のんびりした声が上がる。

「あなたと同じ気持ちです」

遊歩道を見れば、守保が涼佳のリュックを抱えてゆっくり近づいてくるところだった。涼佳と聖の視線を受けて、守保は寒そうに首を縮める。

「あ、今の、デイジーの花言葉です。〝無邪気〟とか〝幸福〟とかいろいろあるらしいけど、私はこの〝あなたと同じ気持ちです〟という花言葉が一番好きですね」

「あなたと同じ気持ちです――」

涼佳と聖の声が揃うと、守保は赤毛を揺らして、フニャッと笑った。

涼佳が立ち上がって、リュックを受け取るために守保に駆け寄る。リュックを背負い、目の前の駅員のおだやかな顔を見つめた。長い前髪が風にふわりと持ち上がり、つぶらな瞳が覗く。ペンギンの瞳と少し似ている気がした。ざわついていた涼佳の心が落ち着き、迷いが消えていく。

素直に言おうと、涼佳は決めた。たとえ柄じゃなくても、間が悪くても、聖を見習って、まっすぐ言ってみよう。最後にこれだけは、〝姉〟の自分から言おう。

「あのさ、親が離婚しようが、住むところが離れようが、姉弟は姉弟でいいんじゃないかな？　私はそう思う。この先もずっと、植園くんと姉弟でいたい。もう一人ぼっちは嫌だから、植園くんにはこれからも私の弟でいてほしい。どうかな？」

涼佳はリュックの肩紐をにぎって、返事を待つ。ぽかんと口をあけて涼佳を見ていた聖がゆっくり視線をはずし、デイジーの花壇を向いた。

「――デイジー」

「は？」

「だから、デイジーの花言葉だって。わかんないかなあ？」

「〝あなたと同じ気持ちです〟？」

　ふいに口を挟んできた守保を救われたように見て、聖は「それ！」と力強くうなずいた。

　涼佳はむっと口をとがらせる。

「そんくらい、私だって察したよ。わからなかったわけじゃなくて、何で〝デイジー〟とかぼやかすのかなってムカついた上での、〝は？〟だから」

「えー。〝俺も四方さんと同じ気持ちだよ〟なんて言ったら、何かかっこつけてるみたいじゃん」

「どこが？　花言葉に託す方が、よっぽどかっこつけてるって。だいたい、この場くらい、かっこつけていいじゃん。かっこつけなさいよ。どうでもいいときに、さんざんかっこつけてるくせに」

「かっこつけかっこつけって連呼すんな。俺、明日受験なんだぞ」

「関係なくない？」

　聖とのくだらない言い争いなら、いつまでだってつづけられる。カレシとも男友達とも違う、弟という異性。何も飾らず、何も深読みせず、気楽に話せる相手。涼佳はいつのまにか笑ってしまっていた。聖も肩を震わせて笑いだす。

　気配を消して見守ってくれていた守保が、大きな腕時計を確認してささやいた。

「次の電車の発車まで、あと十三分です」

涼佳は聖の顔を見る。聖も涼佳を見ていた。

「聖、役所までいっしょに行ってくれる？」

弟をはじめて名前で呼んで、涼佳は自分の顔が熱くなっているのがわかる。聖は嬉しそうに笑って「いいよ、涼佳」とすんなり答えた。弟のこの素直で器用なところを、姉はきっと一生憎らしく、羨ましく思うのだろう。姉弟だから。姉弟だけに。

「よいせっ」とベンチから立ち上がり、聖が自然に涼佳の隣に並ぶ。姉弟は揃って守保に頭を下げた。

「いろいろありがとうございました」

「いえ。私は別に何も」

守保は恐縮したように顔の前で両手を振る。そして小さな歯を見せて笑った。

「たしかに、離れていようが兄弟は兄弟、ですよね。いい言葉を聞かせてもらいました」

照れる涼佳に、守保が微笑んだままやさしく尋ねる。

「なくしものは、預からなくてよろしいですね？」

「だいじょうぶです」

涼佳と聖は先を争って答えた。

海風に、デイジーが揺れていた。

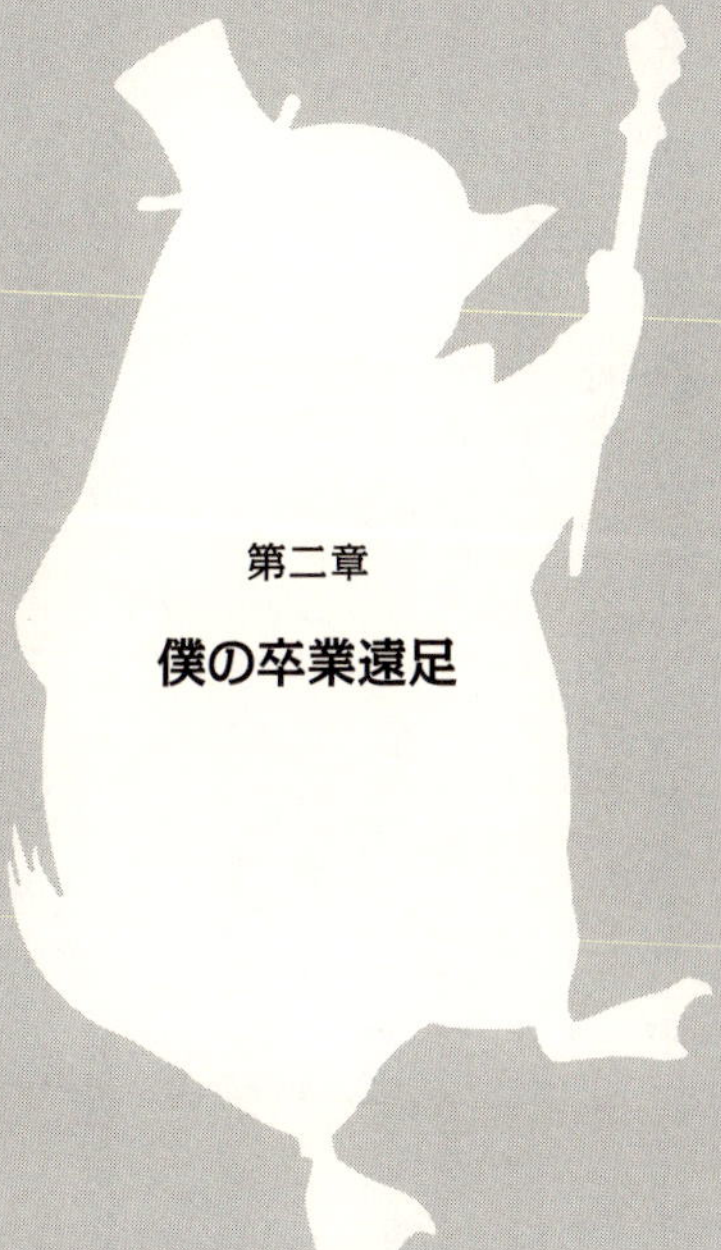

第二章

僕の卒業遠足

「いってらっしゃい」と見送られ、塚尾《つかお》信之介《しんのすけ》は家を出た。

「お弁当、お楽しみに！　玉子焼き、ふっわふわだからね」と母親はやけに嬉しそうだった。

もともと明るい人だが、この〝やけに〟ってところは、息子に気を遣ったゆえの過剰さだろう。信之介は悪いなあと思いつつ、リュックの肩紐をにぎってマンションを離れる。

今日は二月十五日。信之介の通う地元の小学校では、六年生全員が最高裁判所や国会議事堂を巡る社会科見学を兼ねた卒業遠足に行くことになっていた。移動は大型バス。

「最後の遠足だもの。座席は自由でいいわよ」と担任の若い女性教師は鷹揚なところを見せてくれたが、信之介にとってはありがた迷惑な話だ。

アスファルトの窪みに薄く張った氷の前で、足が止まる。氷には、すがすがしい青空とすがすがしくない信之介の顔が映っていた。

ふっくらした唇からため息が漏れる。

班決めや席替えで「自由」をもらうたび、信之介は余りがちだ。クラスの総数が三十八名なので、最終的には誰かと組めるのだけど、そのときの相手の顔つきから察するに、歓迎はされていない。理由はよくわかっていた。クラスの王様、茎沢《くきざわ》に嫌われているせいだ。

何がきっかけだったのか、いまだに謎だ。サッカークラブに所属して運動神経がよく、朗らかですぐに人の輪の中心になれる茎沢と、運動全般が苦手で引っ込み思案ゆえ、集団の中ではなるべく目立たないように息を潜めている信之介とでは、接点なんてほとんどなかったはずなのに、はじめて同じクラスになった五年生の夏休みが過ぎた頃から、茎沢は信之介にちょっかいをかけはじめた。「イジる」と表現されたちょっかいは、すぐにエスカレートして、信之介はクラスで浮く存在になっていった。目立ちたくないのに、茎沢がそれを許さない。信之介が何をしても――それこそ、くしゃみ一つ――見過ごさず、徹底的に「イジって」面白おかしく囃《はや》したてた。

クラスは王国だ。王様が嗤《わら》えば、国民も嗤う。王様が「あいつ、ちょっと変わってるから」と言えば、国民は「変人」と見なし、遠巻きにする。殴ったり蹴ったり、暴言を吐かれたり、持ち物を隠されたりといった明らかないじめはなかったけれど、教室にいると常に一人だけ宇宙服を着せられているような、重苦しさがあった。

信之介にとって不運だったのは、そんな王様と六年生でも同じクラスになったことだ。いや、ひょっとすると、王様にとっても不運だったのかもしれない。信之介に対するいらいらがさらに募ったように見えた。

後ろから、男子中学生に早足で追い抜かれる。思わず「あ」と声が漏れた。怪訝な顔で振り返られ、とっさにうつむく。男子中学生の黒の革靴がかがやいて見えた。

また、ため息が出る。今度のため息は羨望のそれだ。

男子中学生の履いていた革靴は、電車通学ではあるが「地元」と呼んでいい近距離にある私立中学校指定のものだった。

今月はじめ、信之介はその学校を受験して、落ちた。

憧れたのは、革靴だけじゃない。シャツにネクタイを締めるところや、左胸にエンブレムが光るブレザーやチェックのパンツといった制服がいちいち格好いいと思った。教室に生徒数分のパソコンが置かれているところも、修学旅行でイギリスに行けるところも、プールが室内にあって温水であるところも、全部気に入った。そして何より、信之介の小学校では他に受験する生徒がいないところが最高だった。茎沢をはじめとする知り合いの誰もいない中学に進めば、宇宙服を脱げると考えたのだ。

両親に頼み込んで小五の冬から塾通いをはじめ、六年生の一年間は家族旅行も祖父母の家への帰省も我慢した。学校でも塾でも成績は悪くなかったし、模試の合否判定も希望の持てるものだった。本番の入試問題には手応えがあった。だからこそ受かったつもりで、通学に使う交通系ICカードを入れるケースまで物色していたのに、現実は不合格。

ずいぶん先に行ってしまった先輩——になるはずだった男子中学生——の背中を見送り、信之介はつぶやく。

「公立中なんて行きたくないな」

合格発表の日以来、信之介を腫れ物扱いしている両親——特に母親——の前では言えない言葉を、わざと発してみた。

分かれ道がくる。今まで歩いてきた方向にそのまま延びる広い道と、右に曲がる小道だ。卒業遠足用の大型バスが待機する小学校へ向かうには、右の道を行かねばならない。信之介が六年間歩き、小学校に隣接する公立中学に通うため、これからさらに三年間は歩きつづけなければならない通学路だ。

冷たい空気にかじかんだ手を揉んでから、リュックの肩紐をしっかりにぎりしめる。

次の瞬間、スニーカーを地面に打ちつけるようにして、信之介はまっすぐに延びた広い道へと走りだしていた。

広い道は最寄り駅に向かってつづいている。通勤通学の人の群れを掻き分けるように、信之介は夢中で走った。頬に風がまともに当たってきて、じんじんと痛い。いつか塾の模試で解いた『走れメロス』の抜粋文をふと思い出す。メロスもだいぶ苦しそうだったけど、友達のために駆けたのだから走り甲斐はあっただろう。ただ自分が逃げるために走っている僕の苦しさと、メロスの苦しさは全然違う気がする。そんなことを考えていたら何だかやけに息が切れたが、駅までどうにか走りきった。

改札の前で信之介が呼吸を整えていると、さっきの男子中学生がＩＣカードをタッチして、颯爽と改札を抜けていく。いつのまにか追い抜いていたらしい。

「あ。そうだ。カード――」

今さらながら公共交通機関に乗るための必需品に気づき、信之介はあたふたとリュックをおろした。フロントポケットが水玉柄で、その水玉のいくつかがディズニーキャラクターのシルエットになっているリュックは、塾用にと母親が買ってきてくれたものだ。正直、女の子用のデザインだと思ったが、信之介は文句も言わずに使いつづけている。文句を言うほど、リュックのデザインにこだわりがないせいだ。同様の理由で、今日もキャップから靴下まですべて、母親の買ってきたものをそのまま身につけていた。こういう持ち物や服装についても、ずいぶん茎沢からイジられたものだ。

祈る思いで水玉柄のフロントポケットをひらくと、黄色いケースに入った小児用のＩＣカードが見つかった。塾への往復にバスを使っていたので、両親のどちらかが定期的にチャージしてくれていたはずだ。

信之介はICカードをにぎりしめ、混み合う券売機へと移動する。カードの残額をたしかめると、果たして一万円近く残っていた。

「やった」

今日はじめての明るい声が出る。信之介は高揚した気持ちのまま、自分だけの卒業遠足に行こうと決めた。

——どこに行こうかな？　何が見たいかな？

次から次に現れては切符を買ったりチャージしたりして去っていく大人達の邪魔にならない場所までさがって、信之介は券売機の上に掲げられた路線図を眺める。本物の卒業遠足と同じくらいの時間には帰ってこられるようにしたいし、一人で電車に乗った経験もないので、電車を乗り継いでの遠出は早々に諦める。最寄り駅の左右それぞれ十個くらいまでの駅名を順番に読んでいった。

「あ、美宿って——」

みしゅく水族館のある駅だろうとピンとくる。ずっと前に、家族で遊びにいったことがあった。ライティングされたクラゲが異様に綺麗だったのを覚えている。薄暗く静かなスペースで淡々と漂っているクラゲの姿に癒やされた。あのクラゲ達をもう一度見るのもいいかもしれない。信之介は自分の思いつきを肯定するように、何度もうなずいた。

——みしゅく水族館に行ってみよう！

勢い込んで改札の方へ進もうとしたところ、目の前に誰かが立ちふさがる。

「お兄ちゃん、どこ行くの？　卒業遠足は？」

二つ下の妹、美寿々《みすず》だった。男女合わせて学年で一番高いという背は信之介とほとんど変わらず、体格は信之介よりよほどしっかりしている。あちこちに跳ねたくせ毛のショートカットの下にはすっきりと涼しげな顔立ちがあり、細身のデニムにカモフラ柄のロングパーカをあわせ、黒いナイロンジャンパーを羽織った少年のような服装が、顔立ちの凛々しさを際立たせていた。赤いランドセルを背負っていないときは大抵——ときどきは背負っていても——男の子に間違われるらしい。

「みーちゃん？　何でここに？」

「お兄ちゃんが通学路から外れて走っていくのが見えたから、追ってきた」

走ってきたのだろうが、たいして息も切らしていない。風に乱れたショートカットを手で適当に押さえつけ、美寿々は口をとがらせた。

「ていうか、〝みーちゃん〟って呼ばないで」

「あ、ごめん」

美寿々は三年生の誕生日が過ぎたあたりで、両親を「パパ」「ママ」から「お父さん」「お母さん」に、信之介を「しんちゃん」から「お兄ちゃん」に、それぞれ呼び方を変えた。そして、自分のことも「みーちゃん」ではなく「美寿々」と呼んでほしいと言った。末っ子のこの主張は家庭内にわりと激震を走らせ、娘から「パパ」と呼ばれることを内心喜んでいた父親はしょげたし、母親も「〝お母さん〟なんて――何だか急に年取った気分だわ」と拗《す》ねた。呼び方に関して、信之介は「しんちゃん」でも「お兄ちゃん」でも構わなかったが、そのときまで何の疑問も感じずに「パパ」「ママ」と呼んでいた両親を、美寿々に合わせて「お父さん」「お母さん」と呼ぶ習慣をつけるまで、少し骨が折れた。そして両親と信之介三人共、いまだに美寿々のことは「みーちゃん」と呼んでしまいがちで、そのたび美寿々から露骨に嫌な顔をされたり、注意されたりしている。

「ひょっとして、サボり？」

遠慮なく聞いてくる美寿々の口をあわてて塞ぐ。

「違う。卒業遠足に行くんだよ。一人で」

「〝一人で〟？」

父親譲りの一重瞼をみひらくようにして、美寿々がまばたきする。信之介は何となく気圧されて後ずさった。

美寿々はある意味、茎沢とよく似た雰囲気を持っていて、いつも男女問わず友達に囲まれている。そんな妹とイジられっぱなしの自分が校内でうっかり出くわし、「美寿々ちゃんのお兄さんって、ずいぶん情けないんだね」なんて言われないように、信之介は細心の注意を払って対面の機会を避けつづけてきた。だから美寿々は、信之介が好んで〝一人〟なのか、やむをえず〝一人〟なのか、判断も想像もできないのだろう。

信之介が黙っていると、美寿々はふたたび口をひらいた。

「一人遠足って、どこに行くの？」

「――みしゅく水族館、とか」

「電車に乗って？」

「うん」

「ウチも行きたい」

美寿々はランドセルを揺すってせがむ。面倒なことになったと、信之介は頭を抱えた。

「ダメだよ」

「何で？」

「これは六年生の卒業遠足だから。四年生は来られない」

「ただのサボりのくせに」

ずばりと指摘され、信之介はさっそく言葉に詰まってしまう。美寿々は三年生の春から男子に混じってサッカークラブで汗を流しており、腕力や体力はもちろん口喧嘩においても、もはや信之介が勝てる相手ではなくなっていた。

それでも、信之介は我流の屁理屈で悪あがきする。

「唯一の参加者が卒業遠足と言ったら、卒業遠足なんだよ。第一、ランドセルで遠足に行くなんて聞いたことないね」

「じゃ、ランドセルは置いていくから」

美寿々は言いながら、ランドセルを肩からおろす。蓋をべろんとあけて、中から掌サイズのポーチを取り出した。きらきら光るスパンコールで虹が描かれた、薄紫色のポーチだ。

「このポーチだけ、お兄ちゃんのリュックに入れてもらえたらいいから」

「だから、卒業遠足だって――」

「参加者が二人になったんだから、ウチの意見も聞いて」

美寿々は有無を言わせず、ダメ押しのように伝家の宝刀を抜いた。

「お兄ちゃんがどうしても一人で行くなら、お母さんに言いつけてやるからね」

勝負あり。無念。

信之介は唇を嚙みしめ、美寿々のポーチを引ったくるように受け取った。

信之介のＩＣカードでロッカーの代金と美寿々の切符代を払い、改札を抜けるところまでは順調に進む。美宿方面に向かう電車のホームに上がると、美寿々がいきなり切りだした。

「ウチ、ペンギン鉄道に乗りたい」

「は？」

「ねっ、お兄ちゃん。ペンギン鉄道に乗る遠足にしようよ」

「みしゅく水族館にもペンギンはいるはずだけど――」

「水族館のペンギンはガラスや柵の向こうの飼育室にしかいないでしょ。ウチはもっと間近で、普通に歩いてるペンギンが見たいの」

「だから、ペンギン鉄道？　それって、水族館の企画列車か何か？」

「やだ。お兄ちゃん、知っらないのぉ？」

かなり小馬鹿にした顔を作って、美寿々は天を仰ぐ。

「このあたりの電車はペンギン鉄道って呼ばれてるんだよ。本物のペンギンがときどき乗ってくるから」

「のらペンギンってこと？　すごい。美寿々、見たことあるの？」

俄然身を乗り出してきた信之介にたじろいだのか、美寿々は目を泳がせた。

「ウチはまだ――だよ。でも、隣のクラスの男子と音楽の先生が見たって言ってた」

「音楽？　あのおばあちゃん先生？」

信之介は身を引く。たしか信之介が一年生のはじめての授業で「ＵＦＯを見た」体験談を話してくれた教師だ。

信之介の態度の変化に気づいたのか、美寿々は拳をにぎりしめた。

「本当だって。他にもいっぱい噂を聞いたよ。吊革につかまっていたとか、歌ったとか、くちばしで突いてきたとか――だから今日は、ウチも見たいなって。お兄ちゃんも見たいでしょ？」

「――見たい」

本当にいるなら、と心の中で付け足してつぶやく。美寿々はにぎった拳をひらいて、きょろきょろと辺りを見回した。

「この電車でいいのかな？　お兄ちゃん、どう思う？」

「僕にわかるわけないだろ。ペンギン鉄道なんて今日はじめて聞いたんだから」

信之介は当たり前のことを言ったつもりだが、美寿々の気分をひどく害したらしい。細い目が糸のようになって引きつれ、唇が曲がった。

「じゃ、どの電車に乗ればいいのか、お兄ちゃんが駅員さんに聞いてきてよ」

ひどい無茶ぶりに信之介が言葉を失った隙間を埋めるように、声がかかる。

「波浜線、油盥線、あと東川浪線《ひがしかわなみせん》でも、車内やホームでペンギンの目撃情報があるようです。ひょっとすると、他の路線を使ってもっと遠くまで出かけているのかもしれないけど、僕が知るかぎりは今のところ、この三つ。どれもペンギン鉄道です。だから、このホームから乗る電車で、ペンギンに会える可能性はありますよ」

すらすらと教えてくれたのは、ダウンジャケットにデニム姿の若い男性だった。あたたかそうなニットキャップをすっぽり被ってほとんど隠れてしまっている目は、朝の太陽を受けてまぶしそうに細められている。唇の端がフニャッと曲がった微笑みは、こちらの警戒心を解くゆるさがあった。

「やった」と飛び上がって喜ぶ美寿々を見て、男性は頬を掻く。

「あ、でも、噂は本当じゃないことも含まれていますね。ペンギンは吊革をつかむ手の指を持っていません」

「じゃ、歌は？　ペンギン鉄道のペンギンは歌うの？」

相手が先生だろうが上級生だろうが態度をいっさい変えない美寿々は、見知らぬ大人の男性に対しても、友達と話しているかのように馴れ馴れしい。はらはらする信之介を尻目に、男性はのんびり青空を見上げた。

「あの鳴き声を歌と捉える人はいるでしょうねえ」

美寿々は男性につられて青空を見上げてから、ふいに信之介に耳打ちしてくる。

(この人、ペンギン博士?)

信之介は聞こえないふりをした。美寿々は不満そうに鼻を鳴らしたが、重ねて問うことはなく、男性に視線を戻す。

「あなたは見たことある?　ペンギン鉄道のペンギン」

「ありますよ」

男性は青空を眺めたままうなずく。美寿々は「ほらね」と勝ち誇った顔で、ちょうどホームに滑り込んできた電車を指さした。

「お兄ちゃん、ペンギン鉄道に乗ろう。ペンギンに会おう」

「え。う、うん」

信之介は男性に目礼して、乗車列の後ろに並ぶ。ペンギン鉄道であろうがなかろうが、この電車に乗れば水族館のある美宿に行けるので文句はなかった。

電車に乗り込んでから振り返ると、ニットキャップの男性はホームに残っている。てっきりいっしょに乗車するとばかり思っていたので、信之介は尋ねた。

「乗らないんですか？」

「はい。僕は違う電車に乗って、仕事へ行きます」

「違う電車に乗るのに、何でここのホームにいたの？」

美寿々の問いは、たいてい直球で鋭い。男性は少し悲しそうな顔になって、ニットキャップを引っ張った。

「ちょっと——探しものがあって」

「なくしちゃったの？」

発車ベル代わりのメロディが流れるのを遮るように、美寿々が早口で尋ねると、男性は眉と肩をますます下げて悲しげになり、小さな声でつぶやいた。

「なくし——ちゃったのかなあ？」

信之介と美寿々が顔を見合わせている間にドアがしまり、電車は発車する。ホームにぽつんと残ったニットキャップの男性は、風に千切れるように見えなくなった。

ペンギン探しのために、ラッシュと呼んでいい混雑車両を無理やり移動する美寿々を追いかけ、信之介は全精力を使い果たす。

「みんなの迷惑だから」といくら言っても、美寿々は止まらない。

結局、真冬だというのに汗を掻いて全車両縦断してしまった。そして、ペンギンはこの電車に——少なくとも今の時間は——乗っていないことが判明する。

先頭車両の運転席の真裏の壁にもたれかかり、美寿々は信之介を睨んだ。

「ペンギン、いなかったんだけど。ペンギン鉄道のくせに」

知るか！　と突き放したい気持ちを抑えて、信之介はなだめる。

「ペンギン鉄道と呼ばれる路線はいくつもあるって、あのニットキャップのお兄さんが言ってただろ。それに同じ路線でも、ダイヤにそって電車はいくつも走ってるわけだし。会える方が珍しいんじゃないかな？」

「ペンギン見たかったー」

癇癪を爆発させて大きな声を上げる美寿々に、出勤途中の大人達の視線が集まる。信之介は焦って、美寿々の腕を取った。

「うるさいよ、みーちゃん」

「美寿々だってば」

「ペンギンが見たかったら、水族館に行こう。ほら、次の次はもう美宿に停まる」

美寿々は細い目をさらに細くして疑り深そうに信之介を見たが、もう反論する元気は残っていないらしい。

美宿駅に着くと、美寿々は誰よりも先に電車から飛び降りた。

＊

どんな町なのか知らないまま降りた美宿は、にぎやかだった。スーツを着た勤め人は少なく、代わりに老人と各年代の女性と幼稚園にも上がっていないくらいの幼児が、忙しそうに行き交っている。

バスロータリーの脇を抜け、バスが行き交う幹線道路沿いの並木道を五分ほど歩くと、〝みしゅく水族館〟と書かれた看板が見えてきた。脇に擬人化されたイルカが描かれ、「ようこそ！」とフキダシで歓迎の意を表している。入場券売り場の前に人だかりができているのが見えた。親子連れと私服姿のカップル、学生服の集団は学校行事で来ているのだろう。中には遠足らしき小学生の集団も混じっていた。

少しでも目立たぬよう、信之介は小学生の集団の後ろに並ぶ。補導されたら一巻の終わりだと緊張していた。

待つこと五分ほどで、信之介達の番がくる。ところが、窓口の若い女性はぺこっとえくぼを作って笑った。

「前の人につづいて、どうぞ」

「え？」

信之介は前を行く小学生の集団を見た。どうやら同じ団体扱いされたらしい。

信之介の躊躇を見抜いたように、美寿々がどんと背中を小突いてきた。その痛さに息を詰まらせる信之介の脇をすり抜け、さっさと歩き去ろうとする。信之介はあわてて窓口の女性に言った。

「僕らは別なんです」

美寿々からは鋭い目で睨まれ、窓口の女性は戸惑ったような視線を投げてくる。

「別——と言いますと、個人でいらしたんですか？」

「はい。小学生二人、入場券をお願いします。ＩＣカードで払えますか？」

信之介がリュックからカードケースを取り出していると、横から美寿々の声がした。

「小学校の創立記念日なので兄と来ました。母はあとから来ます」

よくまあそんな嘘を、と目をみひらく信之介を一瞥もせず、美寿々はぷいと背中を向ける。

窓口の女性は信之介から受け取ったＩＣカードで精算しながら、ぺこっとまたえくぼを見せ、さっきよりずいぶんくだけた調子になって言った。

「創立記念日か。平日に学校がお休みになると嬉しいですよね」

美寿々の嘘を丸々信じたらしい。信之介に二人分の入場券とフロアマップを手渡し、「一番早いイルカ・アシカショーは午前十一時からになります。場所はスタジアムです」と流れるように説明してくれた。

水族館の入口で待っていた美寿々のもとに行き、入場券とフロアマップを渡す。美寿々はジャンパーを脱いで、入場券をロングパーカのポケットにしまい、信之介の顔をまじまじと見つめた。

「お兄ちゃんって正直者なんだね。上に二文字つくタイプの」

バカ正直。ちくりと胸が痛む。自分のそういう性格はマイナスに働く方が多いことを、信之介も自覚していた。

今だって、窓口の女性が勘違いした通りに遠足の小学生二人として水族館にタダで入ったところで、ことさら深刻な事態になったり問題が生じたりするとは思えない。それを信之介があえて真実を打ち明けたせいで、窓口の女性は一瞬混乱したし、手間が倍かかって列の後ろの人を待たせたし、美寿々も待たせたし、当然ながらお金もかかったし——いいことなんて一つもなかった。

誰よりも真面目に塾の授業を聞きながら誰よりも学力が伸びなかったのも、茎沢にどれだけイジられても態度を変えずさらに苛つかせてしまったのも、たぶんこのバカ正直さがマイナスに働いているのだ。

「もっとうまくやりたいんだけど」

信之介はつぶやいてみたが、美寿々には聞こえなかったようだ。フロアマップを広げながら尋ねてくる。

「ねえねえ、ペンギンの〝フーディングタイム〟って何？」

「フーディング――フード？　食べ物？　あ、〝餌やり〟が見られるんじゃない？」

「マジで？　ウチ、それ見たい！　ペンギンのごはん見たい！　絶対見る！」

宣言される。信之介がイベントスケジュール表を確認すると、ペンギンのフーディングタイムは午前十一時からとなっており、みしゅく水族館イチオシのイルカ・アシカショーと丸かぶりしていた。

「イルカ・アシカショーは見なくていいの？」

「見るに決まってるでしょ。そっちは、午後一時の回」

美寿々もちゃんとスケジュール表を読みこなしているらしい。

「僕はクラゲが――」

「ペンギンコーナーどこかな？　もう待機しとかない？　特等席でフーディングタイムが見

たいから」

「今から待機すんの？　まだ一時間以上待つよ。なあ？　他のコーナーを見てからいかない？　クラゲとか」

「見ない」

取り付く島もない。ならば、と信之介はフーディングタイムまで別行動する案を出してみたが、「一人は嫌だ」とあえなく却下された。

「そもそもお兄ちゃんが言ったんじゃない。〝ペンギンが見たかったら、水族館に行こう〟って」

正論をどかんとぶつけられ、信之介は「だよね」と黙るしかない。

遠足で来た小学生達は自由行動になったらしく、思い思いのコースで水族館内を闊歩していた。片や信之介は美寿々に急かされ、巨大水槽も海中トンネルになっているエスカレーターも見ないまま、エレベーターで直接ペンギンコーナーのある三階へ上がる。卒業遠足は妹と来るもんじゃないなと、信之介はつくづく後悔した。

ペンギンコーナーのフロアは閑散としていた。まだ朝で開館したばかりだし、訪れた人の大方はフロアの壁一面がガラス張りになっている巨大水槽の前で、魚の数と種類の多さに圧倒されているのだろう。もしくは、気合いを入れてショースタジアムの席取りに走っているのかもしれない。

いずれにせよ、そこはかとなく生臭いにおいがしてくるガラス張りの飼育室を眺めているのは、今の時点では信之介と美寿々だけだった。

「――特等席独り占めだ」

信之介のつぶやきを嫌みと受け取ったらしく、美寿々がふくれっ面になる。一人だけさっさとガラスの前に進み出て、飼育室の中のペンギン達の一挙手一投足に歓声をあげた。

鑑賞フロアの照明が暗い分、飼育室の蛍光灯の光がかがやいて見える。壁に掲げられたボードによると、ここにはコウテイペンギン、フンボルトペンギン、アデリーペンギン、イワトビペンギン、コガタペンギン、ジェンツーペンギンと六種類のペンギンが飼育されているらしい。紹介写真とガラス張りの部屋の中を交互に見て、信之介はたしかに六種類揃っていることを確認した。ボードに書かれたペンギンの生態についての説明文も熟読した。それでもまだフーディングタイムまでの時間は余りまくっている。美寿々ほど熱心にペンギン達を観察したいとも思えなかった。どちらかというと、クラゲが見たい。

信之介はスロープの脇にある階段に腰掛け、あくびする。水音や鳴き声がひっきりなしに聞こえてきて、クラゲコーナーよりずいぶん賑やかだったが、これはこれで眠くなる。いつのまにか信之介の目はとじていた。

お兄ちゃん、お兄ちゃん、と夢の中で美寿々に呼ばれて、飛び起きた。一瞬、ここがどこかわからずに焦る。美寿々の声は現実だったようで、後ろからささやき声が聞こえてきた。

「――ねえ、お兄ちゃん。頭にカチューシャみたいな白い筋の入っているペンギンは？　何ていうペンギン？」

「えっと、ジェンツーペンギン――じゃなかったっけ？」

さっき熟読したボードを思い返しながら答える。そして、飼育室のガラスにへばりついていたはずの妹の姿が見えないことに気づいた。

「あれ？　美寿々どこ？」

信之介は薄暗いフロアに目をこらす。すると、柱と柱のくぼみに隠れ、人差し指を必死で唇にあてている美寿々がじんわり浮かび上がってきた。

（隠れて！）

口の動きを読み取っただけなのに、信之介の耳の中ではちゃんと美寿々の声が響く。その切迫した調子に、信之介はどきりとした。

――え、隠れるってどこに？　何から隠れんの？　これ、夢のつづき？

突然、飼育室にいるほぼすべてのペンギン達が、一斉にプールに飛び込んだ。ばしゃーんと大きな音がして、すごい量の水飛沫《みずしぶき》が上がる。それをスターターピストルと捉え、信之介は無我夢中でスロープの陰に滑り込んだ。

息を殺していると、生臭い風が吹き、フロアの左の方からペタペタと乾いた足音が聞こえてくる。だが、飼育室のプールに入ったペンギン達が競うように鳴きはじめたため、その足音はすぐに掻き消されてしまった。ペンギン達のある者はプールからくちばしを出し、ある者はわざわざ水中から陸に上がり、クワクワ、クァッラー、ツィーツィツィー、クカカカ、キョロロ、ピーロロロ、ピャーイと様々な鳴き声を奏でる。ホームで会った青年の言った通り、〝歌〟に聞こえなくもなかった。

信之介は腹這いになって頭を少しだけ出し、足音のしていた左の暗がりに目をこらす。

体を左右に振り、飼育室のガラスの前を歩いてくる一羽のペンギンが見えた。実に自由気ままで、堂々とした歩き方だ。少し歩いては立ち止まり、もっふりとした胸をそらし、くちばしを上げて、ガラスの向こうのプールでぷかぷか浮かんだりすいすい泳いだりしている同胞達を見上げている。逆にプールの中からは、同胞達がガラスの外にいるペンギンを見つめ返していた。

――ペンギンが水族館にペンギンを見に来てる！

シュールすぎるこの事態に、笑っていいのか感心していいのか、信之介はわからない。

ガラスの外にいるペンギンの小さな頭には、白いカチューシャのような筋が入っていた。美寿々はいち早くこのペンギンを見つけ、動向を見守りたくて隠れたとみえる。信之介も腹這いの姿勢のまま肘をつき、観察の構えをとった。

ペンギンの群れと一羽のジェンツーペンギンのガラスを挟んだ逢瀬は、それから三分ほどつづいた。やがて、ペンギン達の〝大合唱〟は止み、首を忙《せわ》しなくかしげながらジェンツーペンギンを見る者、ときどき思い出したように鳴く者、もはやガラスの向こうに立つのが人間だろうがペンギンだろうが大差はないとばかりに悠然と泳ぎだす者——飼育室の中のペンギン達はガラスの向こうの仲間に興味を失い、いつもの日常を取り戻したようだ。けれど〝鑑賞者〟であるジェンツーペンギンだけは、そんな同胞達の姿を、ときどき長めの尾をぴこんと跳ね上げつつ、熱心に——と信之介には見えた——見つめつづけていた。

——あいつも集団の中で浮いちゃったのかな？

信之介の心臓がぎゅっと縮まる。本当は同じ部屋の中で仲間達といっしょに過ごしたいのに、何をやっても輪の中から弾き出され、挙げ句の果てに部屋からも追い出されちゃったのかもしれない。そんなことを考えたら、もう他人（他種）とは思えなくなった。

「お兄ちゃん、頭引っ込めて！　見つかる！」

柱のくぼみから、美寿々の押し殺した声があがる。

信之介があわてて腹這いのまま後ろにさがるのと、「ダメじゃないか」と男性の低い声がするのは同時だった。

さっきジェンツーペンギンが歩いてきた左の方から、今度は青いつなぎを着た男性飼育員がやって来る。髪と髭の量がやたら多く、海より山が似合う風貌だ。信之介と美寿々には気づいていないようで、眼光鋭い視線はまっすぐジェンツーペンギンに注がれていた。

「来るなら、飼育室の裏側に来いよ。お客さんの目の前で、飼育員が他所様のペンギンにごはんをあげるわけにもいかんだろ」

そう言いつつも、飼育員は白い歯を見せて手に持ったピンク色のバケツを揺らした。生臭いにおいがむわっと漏れ出す。たちまちガラスの向こう側でばしゃばしゃと水音がうるさくなった。飼育室内のペンギン達が餌を求めて一斉に、飼育員の方へと泳いできたのだ。分厚いガラスに隔てられていても、めげずにくちばしをあけてせがみつづける。

一方、そんなペンギン達の様子をじっと見ていたジェンツーペンギンは、小さな頭を回してちらりと飼育員を見上げたあと、よっちよっちと歩きだした。

「あれ？　おい。餌は？　いらんのか？　今ならお客さんいないから、あげるぞ」

飼育員が手に持った小魚をぷらぷら揺らすも、ペンギンは立ち止まらない。体に比べて大きな足をにじにじと動かして方向を変え、スロープをのぼりだした。

そのスロープの壁の裏にいた信之介は凍りつく。ジェンツーペンギンの進行方向となってしまった今、ペンギンに見つかるのは時間の問題だったからだ。

——どうしよう？　遭遇しちゃうよ、ペンギンと。

たまらず、信之介は美寿々の隠れている柱のくぼみを見る。祈るように手を組んでいる美寿々と目が合った。美寿々の口が小さく動く。

（がんばれ、お兄ちゃん）

少しでも床に擬態できないものかと、信之介が顔を伏せてじっとしていると、ぺたぺたとリズミカルに響いていたペンギンの足音が止まった。三十秒ほどの沈黙のあと、信之介はおそるおそる顔を上げる。すぐ目の前に、白と黒のライン取りが美しいジェンツーペンギンの顔があった。急に動いた床に驚いたのか、黒目がちな目をみひらく。翼——ボードの説明文によると〝フリッパー〟と呼ぶらしい——をふわっと浮かせ、あわてて後ろにさがったため、バランスを崩してそのまま仰向けにぼてんとひっくり返った。信之介は「大丈夫？」と声が出てしまいそうなところを必死で耐える。何しろすぐそばに飼育員がまだいるのだ。うっかり目立って、「今日、学校は？」なんて聞かれたくなかった。ペンギンはじたばたと身をよじって仰向けから腹ばいになり、胸の弾力で跳ねて起き上がる。そして白い羽にもっふり覆われた胸をそらし、何事もなかったような顔でしれっと信之介を見つめてきた。

――お願い。騒がないでくれよ。僕は敵じゃないんだから。

信之介は歯を見せて笑ってみる。ペンギンは動かない。オレンジ色のくちばしを突きだしたまま、信之介の渾身の笑顔を真顔で凝視している。信之介は心が折れそうになりながらも、どうにか笑顔のまま手を振ってみた。ペンギンはやはり動かない。アーモンドというよりレモンに近い形の目をめいっぱいみひらいて、信之介を見つめてくる。

お手上げだ、と信之介が作り物の笑顔から本物の困り顔になったとき、ジェンツーペンギンが天井に向けてパカリとくちばしをひらき、いきなり鳴いた。

「クアラララララ」

大きな鳴き声に驚いてかたまる信之介のことはまるで眼中にないように、ペンギンはよっちよっちとその場で体の向きを変え、せっかくのぼってきたスロープをまたおりていく。そして、餌が欲しくて戻ってきたと思い込んでいる山男風の飼育員が、くちばしの間から入れてくれる小魚を、次々と丸のみした。

「はい、おしまい」

飼育員がピンク色のバケツの口を下に向けて空になったことを知らせると、ジェンツーペンギンは顔をくるりと横に向け、ガラスの向こうの同胞達をもう一度見上げる。彼らはもはやひとりぼっちのジェンツーペンギンに注意を向けることもなく、プールや人造の岩山でおもいおもいにくつろいでいた。

ジェンツーペンギンの肩が――どこからどこまでが肩なのか今ひとつわからないけれど――しゅんと下がったのを、信之介はたしかに見る。

ジェンツーペンギンは来たときと同じく、去っていくときもたった一羽で、肉厚の足で床を打つようにぺたぺたと遠ざかっていった。


飼育員が去るのを待って、ようやく信之介と美寿々はおのおのの隠れ場所から出てくる。

顔を合わせた美寿々の第一声は「お兄ちゃんばっか、ずるい」だった。

「どういうこと？」

「だってペンギンと一対一で、あんな近くで向き合えて、ずるい」

「向き合ったけど、仲良くなったわけじゃない。緊張しただけだ」

「それでも、ずるい」

美寿々は細い目でじとりと睨んでくる。また背が伸びたのか、少し見下ろされている気もする。信之介が焦って背筋を伸ばしていると、今度は右方向からやけに乱れた足音が近づいてきた。

現れたのは、ちょんまげが変形したような髪型の痩せた青年だ。左耳の斜め上あたりに、刈り残した髪でドクロマークが描かれている。信之介は歴史の資料集で、似たような髪型をしたイギリスの若者達の写真を見たことを思い出した。

——たしかあの髪型、モヒカンって言うんだよな。で、ああいう人を何て言うんだっけ？

青年と目を合わせないようにして、顔から下をそっと観察してみる。ライダースジャケットに赤いチェックのスリムパンツをあわせ、エンジニアブーツを履いていた。斜めがけした帆布バッグは重そうに膨れている。

「パンクだ」

信之介のつぶやきに、美寿々が眉を上げる。

「パンク？　自転車が？」

「発音が違う。パンク。パンクロックとかパンクムーブメントとかの——」

美寿々が興味も理解も示していないことに気づき、信之介は説明をやめた。

パンク青年は息を整えながらフロアを見回していたが、信之介と美寿々を見つけると、肩を上下させつつ大股で近づいてくる。

「なあ。この辺でペンギン見なかった？」

外見から想像していたよりずいぶん高い声だ。信之介と美寿々は黙って目の前のガラス張りの飼育室を眺める。パンク青年もつられて顔を向け、「いや、そっちのペンギンじゃなくて」とガラスをばちんと叩いた。すぐ横の壁に貼られた『ペンギンがびっくりしちゃうよ。ガラスはたたかないでね』という注意文はまったく目に入っていないらしい。

「ペンギンじゃないペンギンって何？」

美寿々が首をかしげると、パンク青年はモヒカンが崩れるのもかまわず頭をがりがりと掻きむしる。

「あ、いや、違う。えっと、ペンギンはペンギンなんだけど、水族館のペンギンじゃねぇの」

「ひとりぼっちのペンギンですか？」

信之介は思わず聞いてしまう。美寿々から背中をつねられたが、聞かずにはいられなかった。

「あなたは、あのペンギンの飼い主ですか？」

——あのジェンツーペンギンに入れる仲間の輪はあるんですか？

パンク青年は信之介の勢いに少したじろいだ様子で口ごもる。

「いや。俺は別に——ていうか、見たの、ペンギン？」

「見てません」

「見ました」

美寿々と信之介の正反対の返事が同時にあがった。パンク青年は三白眼になって唇を曲げ、帆布バッグの膨らみをぽんぽんと叩く。

「困ってる人に、嘘をつくのはよくねぇなあ」

「見ました」

もう一度口をひらいたのは、信之介だ。背中に美寿々のかたい拳が強めに当たった。

「あそ。で、どっち行った？」

パンク青年は首をニワトリのように忙しなく上下させて、信之介の顔を覗き込む。信之介は黙って人差し指で左の方向を指さした。

「あっちから来て、ここで飼育員さんから餌をもらって、またあっちへ去っていきました」

「そっか。消えてから、まだそんなに時間は経ってない？」

こっくりうなずくと、パンク青年は親指を突き立て、そのままきびすを返す。

「サンキュー。邪魔したなっ。そっちの嘘つき坊主も一応サンキュー」

ばちんとウィンクされ、美寿々は「坊主じゃない！」と叫んだ。けれど、走りだしたパンク青年の耳には届かなかったようだ。

信之介が一番聞きたかった質問も宙ぶらりんで残った。

――もしかしてあのジェンツーペンギンが、ペンギン鉄道のペンギンですか？

だとすれば、ペンギン鉄道というのは何て孤独な箱だろう。

*

そのあと十一時から、「イルカ・アシカショーではなく、あえて！」といった表情で三階に上がってきた客達といっしょに、ペンギンのフーディングタイムを見た。

担当の飼育員は、さっきの山男風の男性ではなく、ポニーテールの若い女性だった。にこやかにピンク色のバケツを持ち歩く彼女の後ろを、いろいろな種類のペンギン達がひょこひょこ追いかけていく様は微笑ましかったし、追いかけきれずにプールに落っこちるあわてん坊のペンギンに対しては爆笑が起こった。信之介も笑った。ポニーテールを揺らしながら女性飼育員が話してくれたペンギンの生態——極寒の南極でたたずみ、飲まず食わずで卵をあたため、ヒナを守っているのは、メスではなくオス、つまり父親——の話は興味深かった。

それでも信之介の心がどこかここにあらずになってしまったのは、ひとりぼっちのジェンツーペンギンが残した印象が強烈だったからに他ならない。

そしてもう一つ、美寿々がパンク青年との遭遇以来一言も口をきいてくれないことも、気になっていた。

正味二十分ほどでフーディングタイムが終わり、飼育員もペンギンも客もそれぞれ自分のペースを取り戻したところで、信之介は一人で先に歩きだした美寿々の背中を追いかけた。

「みーちゃん――じゃなくて美寿々、待って。迷子になるよ」

ぴたりと足を止め、両方の拳をにぎったまま美寿々が振り返る。

「ウチは人間の小四だから！　迷子になっても看板や道案内の文字が読めるし、誰かに話しかけて迷子のアナウンスをしてもらうこともできる。でも、ペンギンは？」

「ペンギン？」

美寿々は細い目をみひらき、信之介にずいと顔を寄せた。

「あのジェンツーペンギンだよ。ウチ、フーディングタイム中ずっと考えてて、何度も〝きっと大丈夫〟って思おうとしたけど、無理。やっぱり気になる。だってさ、ペンギンは攫《さら》われても、〝助けて〟って叫べないし、あの短い手足じゃパンチやキックで戦うことも、車や建物の扉をこじあけて逃げることも難しそうでしょ？　心配で、心配で――」

「ちょっと待てよ。何でペンギンが攫われるわけ？」

「お兄ちゃんが、あの怖い人にペンギンの行き先を教えちゃったからでしょ！」

「だから、何であの人がペンギンを攫うって決めつけるの？　飼い主や飼い主の知り合いかもしれないよ？　あとは水族館や保護団体の人とか」

「違う！　お兄ちゃんも見たでしょ？　あの人、頭にドクロ描いてんだよ？　海賊じゃん。ペンギン泥棒じゃん。お兄ちゃんは、ペンギン泥棒にペンギンを売り渡したも同然なの！」

美寿々の口から聞いたこともない単語が飛び出し、信之介はまたもや言い負かされたことを悟る。美寿々の思い込みを諭したり修正したりする根気と体力は、今の信之介になかった。

「わかった。悪かったよ——じゃあ、僕らもあのジェンツーペンギンを探そう」

「うん。ペンギン泥棒より先に見つけて、逃がしたげよう」

やっと怒りをおさめてうなずいてくれた美寿々のお腹が鳴る。信之介は腕に巻いたデジタルウォッチに目を落とし、自分も空腹であることを思い出した。

「その前にお昼のお弁当——」と言いかけ、美寿々からじろりと睨まれる。

「——お弁当は、ペンギンを探してから食べような」

「そうして。あと、ウチにも半分食べさせて。お弁当持って来てないから」

「う、うん」

信之介は言いなりになってうなずきながら、人に何かを頼むときさえ自信満々な美寿々の態度をまぶしく思った。こんな態度でも友達から疎まれず、むしろ頼りにされているふしがあるのだから、我が妹ながらあっぱれだ。

それから、美寿々はサッカーで鍛えた脚力で水族館中を走り回った。受験勉強で体のすっかりなまっていた信之介は何度も引き離され、そのたび「お兄ちゃん、こっち。早く！」と急かされた。心臓が血を吐いても走りつづけろと言わんばかりの剣幕で。

そんな必死の——信之介にとっては命がけの——探索もことごとく空振りに終わり、疲労が少しずつ、だけど確実に兄妹に溜まっていった。さすがの美寿々も関係者以外立入禁止の区域以外すべてをチェックして、いったん水族館の建物の外に出たあと、お腹をおさえてしゃがみ込む。

「建物の外も限なく探すとなると——時間かかるよね、きっと」

「——その前に、お弁当食べようか？」

美寿々の視線が一瞬、信之介のリュック（の中にある母親お手製の弁当）に届いた。が、甘い誘惑を断ち切るように、首を横に振って立ち上がる。

「いい。ペンギンを見つけてからで」

「——そっか。わかった。じゃあ次はどこを」

「探そうか」とつづけようとした信之介の肩をつかむ手があった。振り返る前に、低く落ち着いた声が響く。

「さっきから何をしてるのかな？　君達、今日は二人だけで来たの？　学校は？　休み？」

凍りつく信之介とその肩をつかんだ男性の間に、美寿々が割って入った。

「知らない大人と口きいちゃいけないって、お母さんから言われてるんで」

美寿々の物言いに、男性は紺色の制服と制帽を突き出すように胸を張った。胸よりもビールで膨れたらしい腹が前に出る。

「私はみしゅく水族館の警備員をしている者で、質問はすべて業務です」

「ふーん。ウチらは遠足でここの水族館に来ました。卒業遠足です」

美寿々はけっしてひるまない。言いながら、本当に遠足で来ている他校の小学生達を指差した。さも、その集団の一員であるかのように。

「そうですか。さっきから明らかに何かを探しているようでしたので、お手伝いできればと思ったんですが——」

警備員は慇懃無礼な調子で言いながら、値踏みをするような目つきで信之介と美寿々を眺める。信之介は何も言わないうちから、背中を美寿々の拳で押された。わかってるよ、さすがにこの誘導尋問には引っかからない、と心の中で答えつつ、信之介は表情を変えずに警備員の顔を見つめ返す。

「——では念のため、学校名と氏名を」

そう言って胸ポケットに手を入れた警備員にぶつかって、美寿々が飛び出した。ふだんから年上のサッカー少年達を相手にしても当たり負けしない、美寿々の足腰と体幹の強さはここでも遺憾なく発揮され、成人男性である警備員が一瞬大きくよろめく。

「お兄ちゃん、走って！」

信之介は返事をする余裕もなく、やみくもに手足を動かした。ペンギン探しでさんざんくたびれていたところだ。夢の中でもがいているように心許ない走りしかできない。

後ろを振り向くと、ビール腹の警備員が追いかけてきていた。はっきりと怒りを滲ませた表情で、「待ちなさい」と叫ぶ。

心臓が口までせり上がってくる。呼吸は熱く、速い。瞼の裏が紫色に点滅した。水族館から離れ、なだらかな下り坂をおり、石畳の円形広場に出る。ときどきアイドルや芸人のイベントステージにもなる広場だ。今日のステージは無人で、広場を囲む食べ物やおみやげの屋台も閉じているところが多い。広場に設置されたベンチやパラソル付きのテーブルでは、持参したり、屋台やコンビニで買ったりした、お弁当を広げている家族の姿がいくつも見られた。

前を走る美寿々は、石畳を蹴ってぐんぐんと加速していく。「待って。待って。しんちゃん」とどこへでも後ろをついてきた、幼い妹の姿が掠《かす》れて千切れていく。

足がもつれた。あ、と思う間もなく手をつき、信之介は転んでしまう。中に綿の入ったチノパンの膝部分が石畳に激しくこすれ、熱を持った。そばにいた家族連れが何事かと注目してくるのがわかる。だけど、美寿々は振り向かない。気づいていないのだ。背中がどんどん小さくなっていく。代わりにすぐ後ろから重そうな足音が迫ってきていた。荒い息づかいも聞こえる。大人を本気で怒らせた。何を言われ、どこへ連絡されるのだろう。全身が竦み、起き上がれない。

——もうダメだ。

後ろを振り向く気力もないまま、信之介が目を瞑《つぶ》ったとき、「すんませーん」と高めの声が響いた。警備員を呼び止めた者がいる。

「何？　ちょっと今、手が離せないんですが」

「俺も手が離せないんすよ。ていうか、手が離れないいいい」

その言い回しに引っかかり、追跡を中断されて焦っていた警備員と、顔を上げる気力のなかった信之介が、同時に声の主を見る。

水族館の出口の方から広場を突っ切ってやって来るのは、あのパンク青年だった。髪の刈り込みでドクロが描かれたモヒカン頭も、薄汚れた帆布バッグも、さっきペンギンコーナーで会ったときのままだ。唯一違っていたのは、彼の細い両手首が白いロープでぐるぐる巻きにされていることか。

その非日常な姿に、警備員の注意が向く。

「――どうしました？　誰に縛られたんです？」

「いやあ。ペンギンにやられちゃって」

「ペンギン？」

警備員は一瞬躊躇したが、思いきった様子できびすを返した。石畳広場を戻り、下り坂の方へと近づいていく。つまり、信之介から遠ざかっていく。

その警備員の肉付きのいい腰回りを、信之介がぼんやり見送っていると、こちらを向いたパンク青年がぱちりとウィンクをした――気がした。この半年で視力がずいぶん悪くなったので、自信はない。

パンク青年の口は警備員に向かってよく動いていた。ときどき笑い声をあげながら何やら熱心に説明している。少し離れた場所にいる信之介には、彼らの会話はほとんど聞こえてこなかったが、ジェスチャーゲームの要領で内容をつかもうと努力する。パンク青年がロープに縛られた自分の両手首を差し出し、警備員がそこに覆い被さるように背を丸めたところを見ると、「ロープを解いてほしい」と頼んだのだろう。

信之介は警備員が振り向かないのをいいことに、そろりそろりと立ち上がる。左の膝小僧がじんじんと痛かった。すり傷になって血が出ているのかもしれない。傷口をたしかめても弱気になるだけなので、チノパンをめくり上げるのはやめておいた。その場で何度か足踏みし、まだ走れることだけ確認する。

そのとき、「あっ」と大きな声が上がった。信之介だけでなく、円形広場にいた家族連れが一斉に声のした方を見るほどの、切迫した響きだった。

みんなの視線の先で、パンク青年が自由になった両手を高々と掲げて伸びをしている。一方、さっきまでの青年と同様——たぶん同じロープで——両手首をぐるぐる巻きにされた警備員が顔を赤くしていた。さっきの「あっ」は彼から出たらしい。つづけて怒鳴った。

「これは、どういうことだ⁉」

「どういうことって言われても——あんたが俺のロープを解いてくれたんでしょ？」

「そうだ。たしかに解いた。なのになぜ、今度は俺が縛られてる？　何でこうなった？」

「それは、こっちが聞きたいなあ」

空惚《そらとぼ》けているのが丸わかりの顔でパンク青年が首をかしげるものだから、警備員はますますいきり立つ。

「解きなさい！　すぐ！　今すぐに！」

「はいはい。何とかやってみますけど」

そう言いながら、パンク青年はちらりと信之介を見た。かすかに顎をしゃくる。（逃げろ）

と言われた気がする。いや、きっとそうだ。今度は自信があった。パンク青年と警備員の間で何が起こったのかまったくわからないまま、信之介は美寿々が走り去った方向に駆けだした。

美寿々は水族館の出口で待っていた。駆け寄ってくる信之介の姿を見つけると、一瞬泣き
そうな顔になり、あわててぷいと横を向く。

「お兄ちゃん、捕まっちゃったのかと思った――」

こんな自分でも一応いないと心細いらしい。信之介は「ごめん」と詫びた。

「実は途中で転んじゃって――警備員に捕まりそうになったところを、あの人が助けてくれ
たんだ」

「あの人？」

「うん。ジェンツーペンギンを追いかけていった、あの人」

「――ペンギン泥棒が、お兄ちゃんを助けたって言うの？」

「警備員を足止めしてくれたのは、事実。おかげでここまで来られた」

何とも人を食った足止め方法を説明するのは、今はやめておく。

「ペンギンは？」

「ジェンツーペンギン？　あの人とはいっしょじゃなかったと思うよ」

「よかった。逃げきれたんだ」

「だな」

　信之介は自分の希望であり予想でもある〝そもそも彼はペンギン泥棒じゃない〟という意見は伏せて、美寿々の推測に寄り添った。

　美寿々はくせ毛があちこちに跳ねたショートカットを手でおさえて考えていたが、「お兄ちゃんの言う通りだといいな」とつぶやき、姿勢を正す。

「とりあえず、ここから早く出よう。補導される前に」

　念入りに屈伸運動をはじめた美寿々を見て、また走るのかと信之介は気が遠くなった。

＊

　美宿駅の改札をくぐると、ようやく一息つける。信之介の心臓はふたたび破裂寸前だ。足は、棒は棒でもストーブに突っ込まれた火かき棒のように熱く、かたく、曲がらなくなっていた。去年一年間で走った距離くらい、今日の数時間でやすやすと超えただろう。

　美寿々の方はたいして息も乱さず、くせ毛が言うことをきかなくなったショートカットを整えながら言う。

「お兄ちゃん。ウチのポーチ出して」

一瞬、何を言われたのかわからなかったが、美寿々にリュックを指さされ、思い出す。そうだ。預かっていたんだっけ。

「いいよ」とうなずき、リュックの口をひらきかけ、信之介の動きが止まる。

「あれ？」

「何？」

美寿々の視線から逃れるように背を向け、リュックに手を突っ込んだ。手に当たる感触でだいたいわかる。ビニールシート、お弁当、水筒、メモ帳、ペンケース、遠足のしおり、折りたたみ傘——何度たしかめても、自分が昨日用意した遠足の持ち物しかない。しまいにはリュックの口を大きくひらき、顔を突っ込むようにして確認した。ビニールシート、お弁当、水筒、メモ帳、ペンケース、遠足のしおり、折りたたみ傘——以上。

「ごめん。置き忘れた——と思う」

「置き忘れ？」

美寿々の顔がすっと青ざめる。

「うん。ロッカーに美寿々のランドセルをしまう時に、ＩＣカードを出したりリュックを抱え直したりで両手が塞がっちゃって、ポーチはいったん置いておこうと床に――」

信之介は説明しながら、ありありとそのときの情景を思い出す。ポーチのやわらかい感触も、ポーチを床に直置きするのを美寿々から見られないよう、体で隠すように置いたことも、全部はっきり思い出せた。

「あ、でも置いた場所はわかってるから、帰りに――」

見てみようと言いかけた信之介は、美寿々の目から溢れだした涙に言葉をのむ。

美寿々の泣き顔などここ何年も見ていなかったが、それは幼い頃とまったく同じだった。声を殺すように肩を揺らして泣く様もそのままだ。

「みーちゃん、ごめん。いや僕、そんなに大事な物とは知らずに――」

信之介がおろおろと伸ばした手を振り払うようにして、美寿々は泣きつづける。信之介と違って、美寿々は自分で洋服を選ぶ。中でも特に最近のお気に入りで、今日もジャンパーの下に着てきたカモフラ柄のロングパーカが、こぼれた涙で変色していた。

信之介が途方に暮れていると、コンコースの人波を掻き分け、白髪まじりの髪を上品にまとめた老婦人が紙袋を持って近づいてくる。水族館の警備員の姿がかぶって、信之介は思わず身構えた。老婦人は微笑みを浮かべ、安心させるようにやさしく問う。

「何かお困りですか？」

「あ――いえ」

信之介はちらりと美寿々を振り返る。泣きじゃくっていて、周囲の様子など目に入っていない様子だ。ふだんの美寿々ならどう切り抜けるだろう？　と考える。知らない大人を信じちゃいけないって、バカ正直に何でも話すんじゃないって、怒るだろうか。でも――信之介は迷いを振り切るように、老婦人の方へと顔を戻した。

――正直にならなくちゃ、つながらない糸もきっとある。

「駅に置き忘れてしまった物があって、あ、妹の物を僕が置き忘れたんですけど、それが今もまだそこに置かれたまんまか、それとも誰かに拾われてどこかで保管されているのか――」

「それとも誰かに盗まれちゃったあとか――」

声を震わせながら、美寿々が割り込んでくる。どうやら話は聞いているらしい。信之介は咳払いして、「知りたいんです」と付け足した。

老婦人はうなずきながら話を聞いてくれていたが、信之介の言葉が途切れると、紙袋とは別に持ったハンドバッグの中から携帯電話を取り出す。今どき珍しい二つ折りタイプだった。

「もしよろしければ、わたしの方でなくしもの係に問い合わせてみましょうか？」

「なくしもの係？」

きょとんとした信之介に微笑みを濃くして、老婦人はおっとりうなずく。

「このあたりの駅や電車内の落とし物や忘れ物を一手に引き受けてくださる係があるの。そこの駅員さんはとてもいい方だから、きっと親身になってくださるわ。電話番号を登録してあるから、わたしから掛けましょうか？」

「お願いします。置き忘れたのは、スパンコールで虹の描かれた薄紫色のポーチです。ちょうどこれくらいの大きさの」

宙に大きさを描いてみせる信之介にうなずき、老婦人はぱこんと携帯電話をひらく。丁寧に登録番号のボタンを押し、電話を耳に押し当てた。

上品に手で口を覆いながらの電話だったので、何を話していたのかはわからない。短いやりとりのあと、ぱこんと携帯電話をとじて振り返った老婦人は、若々しくVサインを出してみせた。

「虹のポーチ、なくしもの係に届いてるそうよ」

「本当に？」

美寿々の声が割って入る。信之介が振り向くと、ぷいと顔をそむける。目は充血しているものの涙は止まっていたので、ほっとした。

それから、なくしもの係のある駅名や行き方を親切な老婦人から教えてもらい、信之介と美寿々は連れだって電車に乗った。

乗り換えが発生する電車での移動は、信之介も美寿々もはじめてだ。ここ数年はいつも堂々と兄の前を歩いていた美寿々が、珍しく後ろからついてくることに気づいて、信之介は大きく深呼吸した。

乗り継ぎに多少時間がかかったものの、どうにか迷わずに目指す終点、海狭間駅に辿り着く。想像していたよりずっと小さな駅だった。信之介と美寿々が降りると、待ちかねたように少し寂しいメロディが鳴って、三両しかないオレンジ色の電車は引き返していってしまう。

ホームでも美寿々は沈黙を貫き、海風だけが耳元でびゅうびゅう音を立てていた。信之介が話しかけるきっかけを探して周囲を見回していると、端に見えていた下り階段から赤い頭がひょこりと現れる。

——赤？

信之介はぎょっとして動きを止める。先方はその間に階段を上がりきり、全身を現した。モスグリーンのズボンにグレーのジャケットという服装は、今朝から様々な駅で見かけてきた、大和北旅客鉄道職員の制服だろう。職業がわかって、少しほっとする。

——赤い髪の駅員さんなんているんだ？

信之介はとりあえず彼のもとへ歩きだす。美寿々も黙ってついてくる。

海風にあおられた赤髪が顔にかかって、造作はよく見えない。ただ、口の端がフニャッと曲がっているのはわかる。その口元に、信之介は既視感を覚えた。

信之介達と向き合うと、赤い髪の鉄道職員はふわりと手をあげた。

「こんにちは。大和北旅客鉄道波浜線遺失物保管所の守保です」

「なくしもの係の？」

信之介が聞き返すと、にっこり笑う。小さな歯が覗いた。

「ええ、そうです。なくしもの係の守保です。連絡を受けて、お待ちしておりました」

あの老婦人がどういう説明をしたのかわからないが、守保というこの職員は〝はじめてのお使い〟状態の小学生兄妹が不安にならないよう、わざわざホームまで迎えに出てくれたらしい。そして老婦人同様、守保もまた「今日、学校は？」なんて聞かなかった。

見知らぬ大人達の善意をまのあたりにして、信之介の心はしんとする。自分もまた困っている子どもに、当たり前の親切ができる大人になりたいと思った。

「ペンギン博士だ」

美寿々がふいに声をあげる。口をきいていないのも忘れたように、信之介の肩をつかみ、ぐらぐら揺らした。

「ねえ。この人、朝、お兄ちゃんと話してたペンギン博士だよ。ペンギン鉄道の話をしてくれた人」

「朝？」

信之介と守保は顔を合わせ、ほとんど同時に「ああ」とうなずく。あの人のニットキャップに隠された髪は赤色だったんだと、信之介は感動にも近い感覚を味わった。

「駅員さんだったんですね。道理で詳しいと思った」

「タネ明かししちゃうと、つまらないですね」と守保は照れ笑いして、赤い髪を掻く。

「ありがとうございました。あのときは本当に助かりました」

「いえいえ、私は何も。――ペンギンには会えましたか？」

「はい」と信之介と美寿々が同時にうなずくと、守保は長い前髪の向こうでかすかに目をみはったようだった。

「それはそれは――」

「会えたのは、電車じゃなくて水族館の中でしたけど――たぶんあのジェンツーペンギンがそうじゃないかなあ」

信之介が首をかしげたとたん、美寿々のくしゃみが三回つづく。守保はあわてたように、体の向きを変え、指をきっちりそろえた掌で階段を示した。

「ごめんなさい。こんなところで話していたら、風邪引いちゃいますよね。事務所の方へどうぞ。なくしものをお返ししなければ」

階段をおり、改札脇の壁に紛れた引き戸をすっと横に滑らせると、部屋が覗いた。

引き戸はダンジョンの隠し扉のようだったが、部屋に入れば整然としたオフィスそのものだ。守保は信之介達が足を踏み入れるなり、眉を寄せて尋ねてきた。

「この部屋、くさくないですか？」

「くさく？　ないですけど」

「よかった。部屋の暖かさはこれくらいで大丈夫？」

「大丈夫」

信之介に代わって、美寿々がうなずいた。実際、戸の近くに置かれた大きなオイルヒーターのおかげで、ちょうどいい暖かさだ。守保は安心したようにフニャッと笑って、カウンターの上にあった除菌消臭スプレーを手に取る。そのまま端の天板を上げて、向こう側にまわった。

ＰＣデスクに除菌消臭スプレーを置き、今度はそこにあったプラスチック製のトレイを持って戻ってくる。トレイにのっていたのは、紛れもなく朝、信之介が美寿々から預かった（のに置き忘れてしまった）ポーチだった。

さっそく取ろうとする美寿々をなだめるように、守保はやさしく尋ねた。

「万が一、別の人の落とし物を渡してしまうといけないので、いくつか確認させてもらってもいいですか？」

「どうぞ」と答えた信之介ではなく美寿々を見つめて、守保はつづける。

「名前が書いてあるとか、ジッパーに傷がついているとか、何か外見でわかる特徴があれば教えてください」

「傷なんてないよ。丁寧に使ってるもん」

美寿々がきっぱり首を横に振る。守保は長い前髪を揺らし、少し考えていたが、さらに口調がやわらかくなった。

「それは、とても素敵なことですね。では、中に入っている物は何でしょう？」

「え――」

「ここでいっしょに確認して、内容が同じであれば、すぐにお返しします」

「――言いたくない」

美寿々は低い声で答える。隣の信之介は守保と目が合い、あわてて美寿々を小突いた。

「せっかく見つかったのに、わがまま言うなよ。返してほしいんだろ？」

「返してほしい。でも、お兄ちゃんの前では言いたくないの。絶対に言いたくない！」

金切り声で叫ばれて、信之介は鼻白む。兄妹の間に流れた白けた空気を断ち切るように、守保がカウンターに手をついた。

「では、お兄さんにはいったん外に出てもらって、私と二人で確認するのはどうでしょう？」

「——それなら、まあ」

不承不承うなずいた美寿々に笑いかけ、守保は信之介にすまなそうな視線を送る。

「寒いところ申しわけありませんが、待合室でしばらく——」

「かまいません。待ってます」

迷惑をかけているのはこっちだという意識もあって、信之介はあわててうなずいた。

＊

——とんだ卒業遠足になっちゃったよ。

駅の待合室というより山小屋に近い雰囲気の空間で、信之介はため息をつく。白い息がふわりと上がった。板張りのベンチはプラスチックのそれよりほのかなぬくみを宿しているが、今は真冬、お尻からしんしんと冷気が這いのぼってくる。

——たしかにポーチを忘れたのは僕だけど、そもそも美寿々がついて来たいなんて言うから。

心の中で愚痴が止まらない。よく考えたら、せっかく水族館に行ったのに、途中からクラゲを見ることすら忘れていた。思い出す余裕がなかった。怒濤の半日だったのだ。

「あーあ」

背をそらして、足を投げ出してみる。道路を挟んで正面には、大きな工場の通用門が見えた。ここの工場に勤める人かなくしもの係に用のある人くらいしか利用客のいない駅だと、老婦人が話していたことを思い出す。

通用門の脇に、警備員が立っていた。背がおそろしく高く、頭はモジャモジャパーマで膨れ、顔は文句なく怖い。水族館の警備員の比でない。この寒い中、首をすくめることも足踏みすることも手を擦り合わせることもせず、まっすぐ前を見て立っている。社会の資料集で見たバッキンガム宮殿の近衛兵を彷彿させる佇まいだった。

「あれ」と信之介は身を乗り出す。工場の門の向こうをペタペタ歩いていくペンギンの後ろ姿が見えた気がしたのだ。真っ黒な後ろ姿を捉えただけなので、「ジェンツーペンギンだ」と種まで言い切る自信はないけれど、少なくとも体を左右に振って進む、あの〝えっちらおっちら感〟はペンギン以外の生き物にはないはず。

――もしかして、工場があのペンギンの〝帰る場所〟？　〝仲間〟がいるのか？

そうだったらいいのにと願いつつ、信之介は待合室から飛びだした。工場の敷地内を我が物顔に歩いていくペンギンを追いかけたかったが、モジャモジャ近衛兵にぎろりと睨まれ、足が止まる。警備員は鬼門だ。信之介はしおしおと回れ右してベンチに戻った。

そこへ戸がひらき、守保が赤い髪を揺らして手招きする。

「お待たせしました」

外に一人で出されていたせいか、部屋の中はさっきよりずっと暖かく感じた。カウンターの前に立つ美寿々はかたくなに前を向いたまま、入ってきた信之介を見ようとしない。

「ええと、それでは——」

守保がとりなすように〝受領証〟と書かれた紙をカウンターに広げた。

「本当は身分証明書が必要なんですが、中身の確認もできましたし、ご本人に違いないと私が判断させていただきまして、今回は特別にお渡し致します。捺印だけ、拇印でかまわないのでお願いします」

美寿々は自分の前に押し出された朱肉にぐりぐりと親指を押しつけ、捺印した。その間に、守保はウェットティッシュと虹のポーチをカウンターに用意してくれる。

美寿々がウェットティッシュで親指をきれいにして、ポーチを大事そうに手にした——もうリュックに入れてくれるよう、信之介に頼んだりしなかった——のを確認すると、守保はカウンターに身を乗り出し、信之介と美寿々をにこにこ見比べた。

「さっき、美寿々さんから聞いたんですが、二人ともお昼ごはんがまだだとか？」

「あ」

リュックの中の弁当の存在を思い出したとたん、信之介のお腹が鳴った。美寿々がぷっと噴き出す。すると力が加わったのか、美寿々のお腹も鳴る。

「みーちゃんだって、お腹空いてるんだろう？」

思わず言ってしまってから、信之介はあわてて口をつぐんだ。そっと横目でうかがったが、みーちゃん呼ばわりにいつもほど怒ってはいないようだ。

守保がフニャッと口角を上げて笑った。

「実は、私もこれから昼休憩――お昼ごはんを食べるところなんです。よかったら、ここでいっしょに食べませんか？」

「いいんですか？」

空腹を思い出してしまった以上、信之介はもう我慢の限界だった。今すぐにでも弁当を広げたい。寒空の下で食べるのは勘弁願いたい。

守保は「もちろん」とうなずき、カウンターの端の天板を持ち上げてくれた。

「さ。ここから中へ」

「ありがとうございます」

信之介と美寿々は口々に礼を言って、なくしもの係の中に入らせてもらった。

壁際に近いスペースに折りたたみ式のパイプ椅子を集め、三人で輪になる。『なくしもの係』と書かれた緑色のプレートが天井からさがった場所でのお弁当は、味気ないようにも面白いようにも思える。やっと遠足らしくなったのはたしかだ。国会議事堂よりなくしもの係のオフィスを覗かせてもらった方が、信之介には〝社会科見学〟って感じがした。

信之介と美寿々が二人で一つの弁当をつつこうとしていると、守保がすかさずどこからか取り皿と割り箸を一人分持ってきて、美寿々に渡してくれる。さらに、自分の二段弁当からおかずとごはんを分けてくれた。恐縮する兄妹に、「みんなで分け合って食べると、いつもよりおいしい気がするよ」と道徳の教科書のようなことを言って、フニャッと笑う。

母親の作る山芋をすり込んだ〝ふっわふわ〟の玉子焼きもおいしかったが、守保が自作したという青のりを混ぜ込んだ玉子焼きもなかなかの味だった。玉子焼きだけじゃない。甘辛いタレで仕上げた唐揚げも、作り置きだという牛肉とごぼうとこんにゃくの炒め煮も、ポテトサラダも、どれも守保の雰囲気そのままのやさしい味つけで、走り回って疲れた今日の体にちょうどよく染みわたった。信之介は美寿々と奪い合って、早々にたいらげてしまう。

すると、守保がみかんを三つ持ってきた。つやつやとしたオレンジ色のおいしそうなみかんだった。

兄妹に一つずつ手渡したあと、守保は自分のみかんを両手で包み、おむすびを握るようにぎゅっぎゅっと力を加えて揉み込む。兄妹から注目されていることに気づくと、照れ笑いを浮かべて「こうすると、ちょっと甘くなるらしいんですよ」とささやいた。

信之介と美寿々も守保の真似をして、みかんを揉んでから食べた。たしかに甘かったけれど、もともとなのか、おまじないのせいなのかはわからない。


お腹がやっと落ち着いたところで、守保が給湯室に立った。兄妹二人きりになると、まだ少し気まずい。信之介が美寿々の太ももに置かれたポーチになるべく視線をやらないようにしていると、「お兄ちゃん」と声がかかる。

「ウチのポーチの中、見たい？」

「別に。見せたくないものを見る趣味はない」

格好つけて言ってみたが、美寿々はたいして感心もしてくれず「あっそ」と流した。

「嗤わないって約束してくれたら、見せたげる」

「嗤わないよ。僕は誰がどんなことをしても、バカにして嗤ったりしないって決めてる」

「嗤う」という言葉で茎沢と過ごした苦しい学校生活を思い出し、信之介の声に妙な力がこもってしまう。美寿々は呆気にとられたように信之介の目を見つめていたが、「じゃあ、どうぞ」とポーチのジッパーに手をかけた。

取り出されたのは、一枚の写真だ。まさか好きな子の写真とか？　と信之介は焦ったが、よく見るとかわいいミニスカートを穿き、マイクを握った女の子の写真だった。美形と呼んでいい整った顔立ちとストレートロングの黒髪が大人っぽい。

「──誰？」

「マヒロン知らないの？　〃きゃらめるアウト〃って地下アイドルユニットの最年少メンバーで、この間ソロでメジャーデビューもしたんだよ。このナマ写真は、ユカが原宿行ったときのおみやげ」

「──へえ」

「へえ」以外に、いい相槌が思い浮かばない。美寿々はまだまだ説明したりないような顔をしていたが、ふっと息をつく。

「まあ、とりあえず、ウチが今、宇宙で一番好きな顔はコレ。覚えといて」

「覚えたよ。〃きゃらめるアウト〃のマヒロンな」

「そう。マヒロン」

人は自分にないものを求めがちだと塾の先生が言っていたけれど、長い髪に長いまつ毛に透き通るような白い肌にめりはりのある体型――たしかにマヒロンは美寿々にないものを持っていた。

「じゃ、次」

「何個あるんだ？」

「マヒロンのナマ写真と合わせて、二個だけだよ。ヒミツの宝物は二個だけ」

　噛みしめるように言ったあと、美寿々は何かを出してきた。拳の中に隠したまま、信之介に掌を出すよう促す。

　果たして、信之介の掌に落ちてきた〝ヒミツの宝物〟は、髪ゴムだった。ピンク色のポンポンがついている。

「覚えてる？」と美寿々が聞くので、信之介はうなずいた。ぴんぴんとあちこちに跳ねたくせ毛ショートカットの妹を見つめる。

　忘れないけど、積極的に思い出そうともしなかったことだ。

「みーちゃ――美寿々の九歳の誕生日に、僕があげたプレゼントだろ？」

　今では想像できないけれど、かつて美寿々の髪は長かった。サッカーをはじめてからもしばらく、マヒロンほどではないけど、かろうじてロングと呼べるかな、くらいまでは伸ばしていた。母親がはりきって毎朝、ツインテールにしたりポニーテールにしたりとヘアアレンジをしてあげていたのだ。

だから、信之介は髪ゴムをプレゼントに選んだ。精一杯考えて、客が女の子だらけの雑貨屋に恥ずかしさをこらえて出向き、お小遣いで買った。「プレゼントです——あ、妹の」と小声で店員に告げるときの高揚した気持ちは、生まれてはじめて味わうものだった気がする。

けれど、美寿々は喜ばなかった。

プレゼントの包みをあけたとたん顔をこわばらせ、何かじっと考えたあと、「ウチ、髪切る」と宣言したのだ。誕生日を祝うために家族が集まっているその席で。

実際、それから一週間もしないうちに近所の美容院に母親と出向き、耳が出るくらいの潔いショートカットにしてきてしまった。以来ずっと、美寿々の髪はショートのままだ。信之介がプレゼントした髪ゴムが、彼女の髪に結ばれたことは一度もない。

誰かにプレゼントを贈ることへのトラウマを植えつけられた体験が一気によみがえり、信之介はしばし目をつぶる。深呼吸を三回してから目をあけると、美寿々が心配そうに顔を覗き込んでいた。

「これが宝物なわけ？」

つい素っ気なく聞いてしまい、信之介は美寿々から無理やり目をそらす。

「うん。大事なきっかけをくれた宝物」

「きっかけ？」

「ウチね、三年生でサッカーをはじめたでしょ？　最初からわりと上手だったの。レギュラーもすぐ取れて、力も強くなった。背もぐんぐん伸びて、その辺の男子より高くなった。体格がよくなると、ますますサッカーが上手になって、楽しくなって、でも――」

　美寿々はそこでいったん言葉を探すように声を途切らせた。

「その頃から、よく言われるようになったんだ。クラスやクラブの男の子達、ときどきは女の子からも、〝オトコオンナ〟とか〝女装したオトコ〟とか〝オカマ〟とか」

　信之介は顔をしかめる。どれも酷い言葉だ。そして、美寿々の学校生活にそんなことが起こっていたとは、初耳だった。

「男っぽくしたらもっとからかわれると思ったから、ウチ、必死で髪も伸ばしたし、サッカーの練習の行き帰りもわざわざジャージからスカートに穿きかえたりしてた」

　美寿々は信之介から髪ゴムを引き取ると、大事そうに撫でた。

「そんなときに誕生日があって、家族にお祝いしてもらって、お兄ちゃんからこんなにかわいい髪ゴムをもらって――家族のみんながウチのこと、〝みーちゃん〟って呼んで、女の子として大事にしてくれてるって、あらためて気づいたの。だから、もういいやーって」

「え？　え？　どういうこと？」

話のつながりが見えずに、信之介が身を乗り出す。

「だからあ！　家族のみんながウチを女の子だって思ってくれてるなら、他の誰に何て思われても何を言われても、関係ないやって割り切れたの。だってその人達はウチを大事になんて思ってないし、ウチだってその人達のことはどうでもいい。だったら勝手にすればって感じ。関係ない人達から何を言われたって、そりゃ少しは傷つくけど、ウチの全部が揺らいだりぺしゃんこになったりはしないってわかった」

幼いながらも経験に基づいて獲得した美寿々の真理は、信之介の心のど真ん中を貫いた。

美寿々の手の中にあるピンク色のポンポンを見つめながら、信之介はうわごとのように「そうだね」と繰り返す。

「そうだね。本当にそうだね。その通りだ」

「うん。だからウチ、髪も切ったし、自分の好きな洋服を着るようになったし、思ったことは正直に話すようになった。そしたら学校でも友達が増えたし、サッカークラブでは、いつも一番嫌なことを言ってきてた上級生の茎沢って男子とＰＫ対決して、ポジションを奪ってやったんだよ」

「茎沢？　僕のクラスの、あの茎沢？」

信之介は思わず聞き返してしまう。

「六年生の茎沢って人。お兄ちゃん、同じクラスだったの？」

きょとんとした美寿々の顔を見て、信之介は今すべてを理解した。茎沢の突然はじまったしつこいイジリの背後にあった物語をすべて。

「あぁ。まあね」

うなずきながら、何だかおかしくなってくる。茎沢が急に怖くなくなった。明日の教室も、地元の中学に進んでからも、茎沢に限らず誰に何を言われようともう怖くない。自分を大事に思ってくれる家族がいれば、転んでもすぐに立ち上がれる。そこからまた歩いていける。

信之介は体の隅々まで活気が満ちてくるのを感じた。

美寿々はスパンコールの虹の感触をたしかめるようになぞりながら、髪ゴムとマヒロンのナマ写真をポーチにしまう。

「――このポーチは、ウチがウチらしくいるための〝お守り〟なんだよ。だから絶対に落としたくないし、なくしたくないの。ウチがこんな女の子っぽいポーチとか髪ゴムとか憧れの人の写真とか持ってたら、きっとみんなに〝キモい〟って言われると思って、誰にも知られたくなかったんだけど――お兄ちゃんは嗤わないでいてくれたね」

「嗤わないよ。最初にもそう言ったろ？」

「うん。守保さんにも言われたんだ。〝美寿々さんが頼りにしているお兄さんが、妹のことを嗤うわけない。きっと永遠の味方ですよ〟って。永遠の味方になら、話しておこうと思ったんだ。髪ゴムのお礼もちゃんと言いたかったし――」

美寿々は信之介を正面から見据え、ぱっと明るい笑顔を見せた。

「お兄ちゃん、ありがとう」

〝みーちゃん〟の頃と変わらないその笑顔を見て、信之介は胸がいっぱいになる。

――僕は、美寿々の〝お兄ちゃん〟なんだ。

相談相手ってほど親密じゃないし、性格は正反対だし、喧嘩も多い――しかも、ほとんど兄が負ける――けど、同じ家族でも親とはまた違うポジションにいる兄妹が永遠の味方なら、きっとすてきだ。美寿々の味方でいつづけられるよう、また美寿々に味方でいてもらえるよう、努力していこうと信之介はひそかに誓った。


守保が給湯室でいれてくれた熱くて甘い玉露というお茶をのんでいると、ちょうど電車の時間になる。

「忘れ物のないように」

守保にふんわり声をかけられ、信之介と美寿々はそれぞれの席の周りを確認した。

美寿々はしばらく迷っていたが、覚悟を決めたようにポーチを信之介に差し出す。

「コインロッカーからランドセルを出すまで、お兄ちゃんがリュックに入れて持ってて」

「いいのか?」とたしかめる代わりに、信之介はてきぱきとリュックにしまった。

来たときと同じように、守保がいっしょにホームまで上がってくれる。海の音がたえず聞こえてくるホームでは、青空が海のようにも見えた。

オレンジ色の三両編成の電車が滑り込んでくる。発車ベルの代わりに、またインストゥルメンタルになった歌謡曲を聴きながら乗り込む。信之介はそのメロディをもう寂しいとは思わなかった。

ドアがしまる前に、「そういえば」と守保に尋ねてみる。

「朝の探しもの、見つかりましたか?」

ドアがするするとしまっていくなか、窓ガラスの向こうで守保が寂しげに首を横に振った。探すのを手伝いたいと申し出たかったが、電車が動きだしてしまう。善意に善意で答えるのは、意外と難しい。

ふと左肩に重みを感じて目を向ければ、美寿々がもたれかかって眠っていた。たちまち信之介にも眠気が伝染したが、絶対に寝ないぞと歯を食いしばる。

——妹といっしょにちゃんと家に帰り着くまでが、僕の卒業遠足だ。

信之介のそんな気概を乗せて、オレンジ色の電車はゆっくり進んでいった。

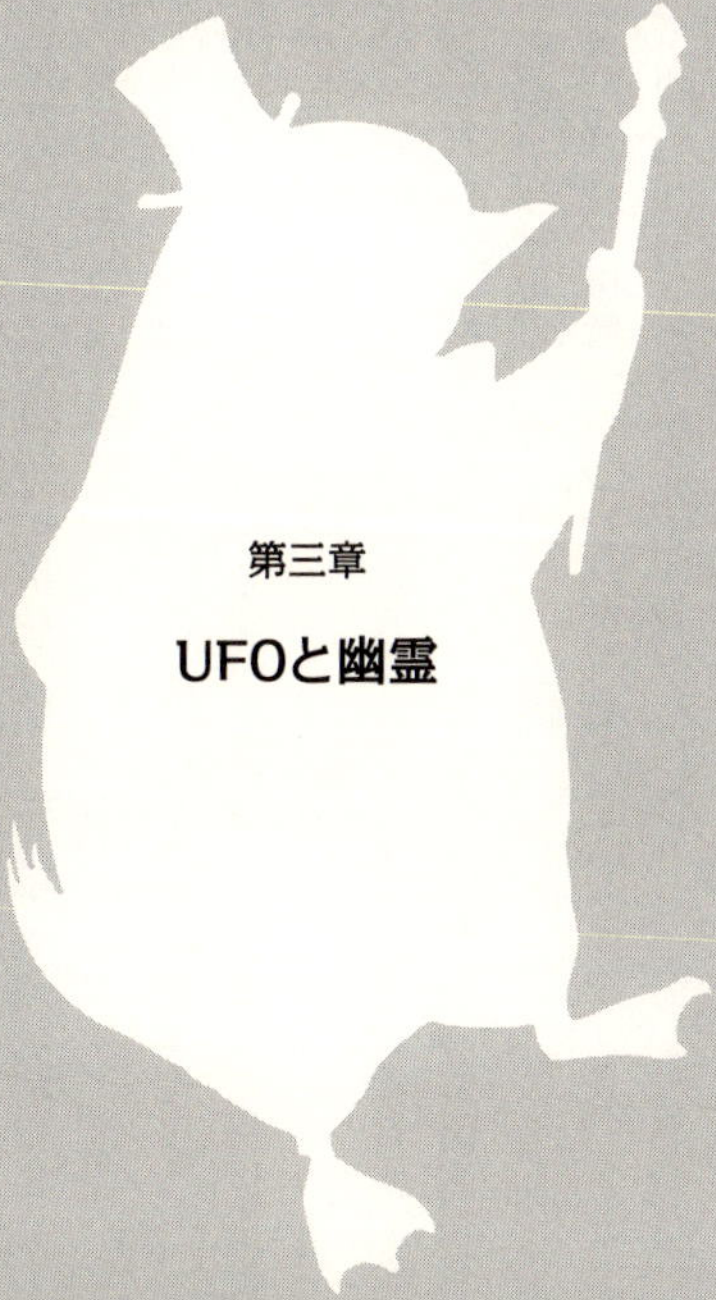

第三章

UFOと幽霊

高熱と背中の痛みを訴えて、日付が変わる前に救急車で運ばれてきた二十代女性の処置が終わったのは、夜明け前の四時だった。

「おつかれさん。補助をありがとう。仁村《にむら》さんが当直で助かったよ」

救命救急科の長を務める二葉《ふたば》が、ごま塩頭を律儀に下げる。仁村世依子《せいこ》はあわてて「こちらこそ勉強になりました」と頭を下げ返した。

二葉は、世依子が研修医だった頃の指導医だ。二十も年上の異性だったが、誰に対しても腰が低く穏やかな二葉の人柄のおかげで、もろもろハードだった研修医時代、人間関係の苦労だけはせずに乗り切れた。

血液内科にいた時分に患者からつけられたあだ名「ドクター人徳」がしっくり馴染むこの大先輩は、二十四時間気が抜けない救命救急科に移った今でも、あの頃と変わらぬ穏やかな笑顔を見せてくれる。

「当直は専門外の応援があるから、実は気が気じゃないんです」

マスクを取りながら、世依子は本音を打ち明ける。手袋を外して手を入念に洗っていた二葉は、「だろうねえ」とうなずいた。

「仁村さんは〝患者さんを助けたい〟と強く願いすぎるんだよ。だから、緊張しちゃう。そういうところ、研修医の頃から変わらないねえ」

あっさり見抜かれていたことを知り、世依子は恥ずかしくなる。そそくさと手術用ガウンを脱ぎ、二葉と連れだって廊下に出る。不自然な沈黙を保って歩いていると、「何か言いたいことがあるんじゃない？」とまたもや見抜かれた。

「――あ、はい。えっと、あの患者さんがもしこのまま峠を乗り切ったら、ウチで一回検査させてもらえないでしょうか？」

「血液内科で？　何か気になることでも？」

二葉の柔和な垂れ目の奥に鋭い光が宿る。世依子は無意識のうちに姿勢を正した。

「念のため、肺炎の原因を探っておきたいんです」

女性患者は肺炎と診断され、救命医達はそれにあわせた処置を施した。生死をさまよう事態の中での最良の判断だったと言える。しかし、そもそもなぜ彼女の肺炎がいきなり重篤化したかという原因にフォーカスすれば、別の病名が見えてくる気がしてならない。そして、おそらくその病名は自分の専門分野だろうという予感もあった。だからこそ、言いだしづらかったのだ。

——最後まで助けられるの？

二葉の言う通り、不安が先に立つのは研修医時代と同じだ。一人前の医師となってもう長いというのに、今でも常に考えてしまう。助けられなかったらどうしよう、と身が竦む。医師としては致命的な世依子の臆病風を、二葉は昔も今もけっして叱らない。

「そう言ってもらえて、よかった。実は僕も気になっていたんだ。あの患者さん、お子さんがまだ小さいらしいから、念には念を入れてあげたいよね」

二葉の励ますような物言いに、たくさんのチューブをつけて集中治療室に移されていった女性患者の姿を思い出し、世依子は目をつぶる。

「はい。まだまだ生きてほしいです」

ふいに腕を取られ、掌に何かを落とされる。世依子はあわてて目をあけた。

掌には銀紙につつまれた小さなお菓子がのっており、二葉が笑顔で覗き込んでいた。

「疲れた体に、義理チョコのおすそわけをどうぞ。受付の女の子からもらったんだ」

「あ。今日はバレンタインデーでしたね」

「もう昨日だけどね」

「——今年も縁がなくて、すっかり忘れてました」

頭を掻く世依子に、安易な慰めを口にするような二葉ではない。窓の外に目を移し、さりげなく話題を変えた。

「冷えそうだなあ、今日も」

廊下の窓から見上げた空はまだ真っ暗で、星が瞬いている。


当直室に戻る前に、血液内科の患者達の病室があるフロアを通っていくことにする。遠回りになるが、入院したばかりや症状の重い患者にとって、病院の夜はとてつもなく長いものであることを、世依子は知っていた。闇を見つめる彼らの瞳には、他人では埋められない孤独がぽっかり浮かんでいる。世依子もまた他人の一人ではあるが、医師だった。孤独の穴埋めは無理でも、体調の相談にのることはできる。

世依子は順番に病室のドアの前にしばらく佇み、患者が眠っていれば——あるいは眠っていると思ってほしいなら——そのまま行き過ぎ、不調を訴えられたら診察し、何か声がかれば話し相手になった。睡眠時間は削られるが、世依子の勤務先である潮台田《しおだいた》病院では、当直の翌日は呼び出しのない完全休日となるため、踏ん張りがきく。

一番奥の病室の前で立ち止まりかけ、「あ、ここはよかったんだ」と独りごちた。傍らのネームプレートには『仁村舞依子《まいこ》』と記されている。サインペンで書かれた、自分と一文字しか違わないその氏名を見るたび、世依子の胸はざわめいた。

引き返そうとすると、病室の中から女性の吐息が漏れる。世依子はとっさに腕時計を見た。もう朝の五時近い。病院という場所柄、すでにあの世にいるはずの人が云々といった噂も聞かないわけではないが、早朝にそういう人が出るパターンははじめてだ。

世依子は一切の躊躇を見せずにドアノブをつかみ、勢いよくあけた。

「誰かいます？」

ベッドの上で体育座りをしていた影がびくりと背を震わせる。世依子は部屋の中に一歩踏み出し、その影が幻でも何でもないことを確認した。

「——舞依子さん？　どうしてここに？」

「見つかっちゃいました？」

ニットのワンピースの上にダウンコートを着たまま「ふへへ」と空気が漏れたように笑ったのは、現在この病室の主である仁村舞依子本人だ。

「今夜はご自宅で過ごす予定では？　外泊許可出しましたよね？」

「そうなんです。せっかく先生に許可をいただいたんですけど——電車に乗って帰る途中、家の鍵を落としちゃったみたいで」

淡い茶髪のウィッグをふわふわと揺らし、舞依子は細い足を抱いて背を丸めた。まるで飼い主に叱られた犬だ。

「電車に乗って帰」った？　一人で？　嫌な予感がして、世依子は尋ねる。

「ご主人は？」

「あ――急に海外出張が入っちゃったんですよ」

「何それ？」

思わず心の声が漏れ、眉も寄ってしまった。

舞依子が楽観の許されない病で潮台田病院に入院したのは、病室の窓から桜を愛でる季節だった。すぐに化学療法がはじまり、苦しい副作用もあるはずなのに、舞依子は驚くべき我慢強さで乗りきり、弱音も愚痴もいっさい吐かず、世依子や看護師達を感心させたものだ。

入院に際しての事前アンケートで、舞依子の両親はすでに亡くなっており、兄弟姉妹はおらず、身寄りは夫一人だけだとわかっていた。その夫は平日休日問わず仕事で忙しく、なかなか見舞いに来られないとも聞いていた。実際、舞依子の病室を定期的に訪れ、身の回りの世話や買い物を担当している年配の女性は、夫が雇ったお手伝いさんだそうだ。だからこそ、入院患者達が切望する〝自宅で家族と過ごす時間〟を舞依子に与えてやりたいと、化学療法の合間を縫い、舞依子の体調を慎重に検討し、夫の仕事の都合も合わせてもらい、と万全を期しての外泊許可だった。

「じゃ、家に帰っても一人じゃない？　そんな外泊聞いたことないわ。何かあったら、どうするつもりだったんですか？」

「ごめんなさい」

背を丸めてますます小さくなり、舞依子は謝る。世依子は舞依子の夫への苛立ちを押さえつけるように、腕組みした。

「舞依子さんだけが謝ることじゃないと思う。出張なら出張とご主人が言ってくだされば、こちらも日程を組み直したのに」

「ごめんなさい。わたしから先生に伝えるよう、夫に頼まれていたんです。でも先生には治療のスケジュールとかいろいろ考慮してもらったし、今さら言いづらくて――」

ふへへ、とまた笑う。たしか、はじめて病名を告げられたときも、舞依子はこうやって笑っていた。泣いたり怒ったり、もっと取り乱していい局面で、彼女はいつも笑う。そういう性格だと言ってしまえばそれまでだが、世依子はせつなさともどかしさを感じた。

「舞依子さん。あなたは今、〝患者さん〟なのよ。もっと自分の体を大切にしてください」

「はい、先生。ごめんなさい」

舞依子は体育座りから正座に体勢を変えて、神妙に頭を下げる。年齢は世依子より七つ下の三十歳のはずだが、その言動はもっと幼く見えた。

そんな舞依子に、パジャマに着替え、すみやかに休むよう言い渡す。

「看護師達には、私から事情を伝えておくから。見回りがくるたび、こそこそ隠れなくてだいじょうぶよ」

「ありがとう。助かります」

舞依子はベッドの下からボストンバッグを持ち上げると、いつもパジャマ代わりに着ているスウェットの上下を引っぱり出した。

世依子が病室を出ていこうとすると、「先生」と控えめな声がかかる。振り向けば、舞依子がダウンコートだけ脱いだ状態で窓の外を指さしていた。

「実はさっき、先生が来る三十分前くらいに、ここからオレンジ色の光が見えたんです」

とっておきのヒミツを打ち明けるように声を低める。

「UFOでしょうか？」

「――その光、飛行機より速く移動してた？」

「はい。びゅーんって、まっすぐ進んでました」

「どれくらいの間、見えてたの？」

「五秒くらいかなあ。十秒はなかったかと」

「じゃあ、火球かもね」

「かきゅう?」

「手っ取り早く言えば、明るい流れ星のこと」

「流れ星――やっぱりUFOじゃなかったか」

舞依子は露骨にがっかりした表情になった。世依子はあわてて慰める。

「火球だって、見ようと思って見られるものじゃないのよ。たしか、日本全国でも月に数回目撃されたらいい方らしいし。UFOを見るくらいのめずらしさはあるんじゃない?」

「流れ星とUFOじゃ、わたしの中でのロマン度が違いすぎます」

世依子は言葉に詰まって、舞依子を見つめる。舞依子は舞依子で「そんなこともわからないのか」と言いたげに、世依子を見ていた。

「舞依子さんは見たことあるの? その――UFOを?」

世依子の質問に、舞依子は首を横に振る。

「いいえ。でも存在は信じてます。一生に一度くらい見てみたいなあ」

夢見るように言ったあと、舞依子は気まずそうに肩をすくめた。

「先生はUFO否定派ですか?」

「否定まではしないけど――あらためて〝見たい〟と思ったこともないわね。何ていうか、普通に生活していて特に接点がないのよ、UFOとは」

「そうですか。じゃ、妖精は？　妖精も〝見たい〟と思ったことないですか？」

突然飛んだ話題についていけず、世依子は口ごもる。舞依子は気にせずまた問うた。

「じゃ、電車に乗るペンギンは？」

「何それ？　絵本の世界みたい。んー。見たら和めるかもねえ」

「じゃ、幽霊は？」

「会ってみたい」

間髪を容れず返した世依子に、舞依子は目を丸くする。

「え。怖くないんですか？」

世依子は薄く笑って、首を振った。

「ちっとも怖くない。今まで一度も会ったことがないし、これからも会えそうにないから」

舞依子は世依子がこの会話を面倒くさがっているように感じたらしい。もじもじとうつむき「ごめんなさい」と謝った。

「着替えて寝ます」

世依子は医師と患者の距離を忘れかけていたことに気づき、あえて誤解を解かぬまま「おやすみなさい」ときびすを返した。

当直室での短い仮眠から起きて、医局に顔を出した世依子に、看護師長が歩み寄る。

「仁村舞依子さんですが、先生のご指示通り、本日朝より食事をお出ししておきました。容態は安定。検温、採血、いずれも数値に異常なしです」

「よかった。報告ありがとうございます」

「いいえ。仁村さんの外泊は取り消しということで、よろしいですね？」

世依子がうなずくと、五十代のベテラン看護師長は母親のようなため息をつき、眉を下げた。家に帰れなくなった舞依子と、彼女の外泊許可を苦労して取ったのに無駄になった世依子、双方への同情が顔に出ている。

世依子がふと思い立って医局のPCを操作していると、看護師長が覗き込んできた。

「何か調べ物ですか？」

「ええ。舞依子さんは電車に乗っているときに家の鍵を落としたそうだから——落とし物センターみたいなところに問い合わせてみようかと」

看護師長の返事はなく、視線だけを後頭部に感じる。世依子が振り向くと、先ほどまでの同情を消した顔で、看護師長が「差し出がましいようですが」と切り出した。

「仁村先生が熱心な先生だということは、よく存じております。スタッフも患者もみんな、先生を頼りにしています。だからこそ、特定の患者への過度なケアだと受け取られるような行動はなるべく控えた方がよろしいかと」

「――私、そんなに舞依子さんのことを贔屓してます？」

「〝仁村先生と同じ苗字の患者さん、二人は姉妹なんですか？〟って、他の患者達から何回質問されたことか」

看護師長は苦々しく吐き出す。そのたび返事に窮しているのだろう。世依子はPC画面に目を戻しながら笑う。

「いやいや、姉妹には見えないでしょう」

「仁村先生――〝姉妹ならまだ仕方ないけど、他人であれば何であの人だけ〟という患者達の本音を汲み取れませんか？　病状と精神状態が連動しやすいステージの患者も多い場所です。以後、気をつけてください」

最後はきっちり怒られてしまった。世依子は「すみません」と頭を下げ、PCの前から離れる。ポケットに入れっぱなしだったチョコレートを一つ、看護師長の掌に落とした。

「〝義理チョコのおすそわけ〟のおすそわけです。どうぞ」

「あら、ありがとうございます。昨日はバレンタインデーでしたね、そういえば」

看護師長は礼を言いながらもう銀紙を剝いて口に入れている。次の休憩がいつ取れるか読めない職場で長く働いてきた人間らしいせっかちさに、世依子は親しみと同情を覚えた。

*

午前九時、ぞくぞくとやって来る外来患者達の波に逆らって病院を出る。普通の人達が一日をはじめようという時間に、当直医師の長い一日は終わるのだ。

病院の最寄り駅の潮台田に着いてから、世依子はスマホを取り出した。看護師長の目はもうないとわかっていても、つい後ろを確認してしまう。通勤通学そして通院の朝のラッシュが過ぎたのか、駅は空いていた。むろん誰も世依子に注目していない。

世依子はほっと白い息を吐き、大和北旅客鉄道のお客様相談センターに電話をかけた。医局のPCで調べた番号はすぐにオペレーターとつながったので、帰りがけに舞依子の病室に寄って聞いてきた落とし物のあらましを伝える。オペレーターは小気味よい音を響かせて端末を操作し、てきぱきと告げた。

——お客様の紛失物の管轄は、波浜線遺失物保管所となっております。電話番号は——

世依子はあわてて耳からスマホを離して電話番号をメモし、もう一度耳にあてる。

「その遺失物保管所って、どちらの駅にありますか？」

——油盥線終点の海狭間駅です。お客様の最寄り駅はどちらでしょう？

「潮台田から向かおうと思ってるんですが」

――でしたら、油盥駅で乗り換えてください。オレンジ色の短い車両です。運行本数が少ないので、時刻表をお調べになってから向かわれるのがよいかと思います。無駄足にならないよう、まず電話でお問い合わせくださっても結構ですよ。

過不足なく説明を終えると、オペレーターは「ご利用ありがとうございました」と丁寧な挨拶をくれた。

オペレーターの有能な仕事ぶりに感心しつつ、世依子はさっそく波浜線遺失物保管所の番号に電話してみる。しかし、こちらはさんざん待っても誰も出なかった。無駄足覚悟で直接行ってみることにしたのは、スマホで海狭間駅のことを調べ、こんな機会でもなければ降りることのない特殊な駅に興味を覚えたからだ。

油盥駅で油盥線に乗り換える。オペレーターの注意通りホームでずいぶん待たされたが、基本的に沿線の工場に勤務する者しか乗らない電車だという知識を仕入れていたので、通勤時間帯以外はこんなものだろうと納得できた。

マフラーに顎をうずめ、四方八方から突き刺してくる二月の冷気に足踏みしながら耐える。ようやくやって来たオレンジ色の電車に乗り込むと、女性二人組がカメラを抱えてつづいた。二人ともまだ大学生くらいの年齢で、休日に街へ繰り出すような華やかな格好をしている。

二人組はあたたかな車両の隅に移動すると、さっそく窓の外にカメラを向け、撮影の準備をはじめた。一人が世依子の視線に気づいて、恥ずかしそうに会釈をくれたので、話しかけてみる。

「工場の方達ですか？」

「いいえ。ウチらは工場萌えの方達です」

会釈をくれた子とは別の女性が、いたずらっぽい微笑みを返してきた。

「工場萌え？」

「海に浮かぶコンビナートのやたら有機的なシルエット。もくもくと吐き出される煙。大きなタンカー。小さなトラック——いちいち格好いいんですよお。萌えるんですよお」

「——わざわざ写真を撮りに来たのね」

「はい」とうなずき、二人組は大きなレンズをつけたカメラを構えた。おしゃれのためか、動きやすいようにか、こんな寒い日なのに二人共ずいぶんと薄着だ。

世依子は邪魔しないよう口をつぐんで、ロングシートに座り直す。世の中には、自分の体に頓着せず、多少体調が悪くても気力で乗り切って、好きなときに好きな場所で好きなことをできる人がいるのだ。

どこか懐かしいメロディが聞こえてくる。幼い頃、テレビあるいはラジオ、ひょっとすると母親の鼻歌で聞いたメロディ。何という歌だったっけ？　とまで考えて、世依子ははっと身を起こした。メロディのする方を見れば、窓の外の駅名標に『海狭間』の文字が読める。電車のドアはしまりかけていた。ネットの情報ではたしか海狭間は無人駅で、電車はそのまま折り返し運転になるらしい。

世依子は「いけない」と叫び、ドアをこじあけるようにして飛び出す。気が抜けない職場で毎日を過ごしているせいか、病院から一歩外に出ると、とりとめのない思いに耽《ふけ》りがちだ。ぼんやりしている間に下車駅が過ぎている日も多い。運行本数の少ない路線を使う今日が未遂に終わって本当によかったと、世依子は息をついた。

冷たい風を顔に受けつつ、ホームから海を見下ろす。コンビナートを背負ったサイバーな海だった。海水浴を想起させないところが気に入った。次に、ホームを見渡す。降車したのは、どうやら世依子一人きりらしい。あの工場萌え二人組はいつどこで下車したのだろう？　まったく気づかなかった。世依子はめずらしくスマホのカメラを起動して、適当な構図で海とコンビナートとホームを写真におさめる。この駅のホームから撮る写真も、きっと二人組の琴線に触れるに違いないと思った。

寒風で耳が痛くなってきたので、暖を求めて階段を降りる。改札とその先にある山小屋のような待合室が見えてきたが、遺失物保管所がどこにあるのかわからなかった。案内札も出ていない。ネットにも情報はいっさいなかった。世依子は困り果て、改札を抜ける前にもう一度電話をしてみる。すると今度はすぐにつながった。

――はい。大和北旅客鉄道波浜線遺失物保管所です。

「あ、すみません。今、海狭間駅の改札前にいるんですけど」

――はい。

「そちらは駅のどのあたりにあるんでしょう？　見つからなくて」

――はい。ああ、なくしものをされたんですね。

何ともゆったりした間合いで返事をくれる駅員だ。世依子がパンプスの踵でせっかちに床を鳴らしかけたとき、いきなり横の壁が動いた。

飛びすさった世依子の前で、赤い髪が揺れる。

「あ、ごめんなさい。驚かしちゃいました？」

「――いえ。ここが遺失物保管所？」

「はい」とうなずいて、赤い髪の駅員は世依子を見つめてきた。世依子は百六十八センチと女性にしては大きい方なので、百七十センチそこそこの男性とは向き合っても見下ろされずに済む。そのかわり、まともに視線がかち合う。駅員はちょうどそれくらいの身長だった。

若い男性から熱心に見つめられることに慣れていない世依子は、思わず目が泳ぐ。すると、駅員がフニャッとやわらかな笑顔を作った。

「お久しぶりです。仁村先生——ですよね？」

「え」

「僕、守保です。守保蒼平《そうへい》。以前、潮台田病院でドクター人徳と仁村先生にお世話になっていました」

世依子は背筋を伸ばす。頭の中の患者ファイルがぱらぱらとめくられ、すぐに顔と名前をはじめとする諸々のデータが浮かんできた。まだ研修医の頃、指導医の二葉と共に診た（診せていただいた）患者さんだった。そういえば、二葉に「ドクター人徳」というあだ名をつけたのも、たしか彼だ。

「やだ。蒼平くん？　本当に？　まだ髪赤いままなのね。ウィッグ——じゃないよね？」

口調が学生に毛が生えたばかりの頃に戻ってしまう。守保は笑顔のまま、自分の髪を引っ張ってみせた。

「地毛です。あのとき被った赤い髪のカツラが気に入っちゃって、地毛になってもこまめに染めてるんです」

「そう。駅員さん——になったの？」

「はい。就職できました」

自分の年齢を参考に計算すれば、少年だった守保ももう二十代後半に入っているはずだが、初々しい物言いはあの頃のままで、世依子の医師としての仮面を簡単に剥がしてしまう。仁村世依子という人間の素顔が、抑えていた喜びと共に溢れてくる。

「そう！　あの移植がうまくいったのねえ。よかった！　元気になったら働いてみたい、自分でお金を稼いでみたいって、よく言ってたものね。まさか鉄道会社の職員になるとは思ってなかったけど――」

「そうですか？」

「うん。なんかねえ、蒼平くんは青春時代をベッドで過ごした反動で、世界とか旅しちゃうタイプかもって」

「旅はしました。で、終わりました。今はここにいます」

にこにこしながらあっさり言ってのける守保の顔を二度見して、グレーのジャケットからモスグリーンのズボンへと視線をおろす。鉄道会社の制服だろう。ジャケットの胸には『守保』と書かれた名札がついていた。

「そっか。駅員さんの制服、似合ってるよ。時間が経つのは早いものねえ」

「――それで仁村先生、なくしものは何でしょう？」

　静かに問われ、ようやく世依子は〝今〟という時間と状況を思い出す。医師の仮面をつけ直し、軽く咳払いした。

「実は入院患者さんが、外泊のために乗った電車で家の鍵を落としちゃったらしいの。彼女は今、病院の外に出られないから、代わりに私が来ました。いいかしら？」

「なくしものの引き渡しには代理人届が必要ですが、その鍵が届いているかどうかの確認自体は誰でもすぐにできますよ。お入りください」

　守保は体の向きを変え、壁だとばかり思っていた引き戸の中を示す。

　そこはごく普通のオフィスの佇まいだった。天井からさがった緑色のプレートに『なくしもの係』と書いてある。〝遺失物保管所〟より親しみやすい呼び名だし、その呼び名の方が守保の雰囲気にも似合っていると、世依子はひそかに思った。

「鍵の特徴は？」

「ディンプルキーという種類で、銀色。あと、蝶ネクタイをしたペンギンのキーホルダーがついてるって」

　世依子が舞依子から聞いた鍵の特徴をそのまま伝えると、カウンターの向こうでＰＣに向かっていた守保が顔を上げる。

「ペンギンの？」

「ええ。キーホルダー。その患者さん、ペンギンがすごく好きらしいわ。ペンギンの動画だったら永遠に見つづけていられるって豪語してた」

「――へえ。そうなんですか」

守保の声が少し弾んだように感じたが、気のせいだろうか。世依子の視線の先で、守保はPCを操作する。キーボードの音がほとんどしない、静かな打鍵だった。

「――残念ながら、まだどこの駅にも届いてはいませんね」

「そう」

肩を落とした世依子に、守保は舞依子の乗った路線を教えてほしいと申し出た。

「重点的に問い合わせて、何かわかったらすぐに連絡します。あと、僕も個人的に探します」

「ありがとう。悪いわね」

「いいえ、ちっとも。これが僕の仕事ですし、仁村先生から受けた恩に報いるチャンスですから」

おどけたように言う守保に、世依子は首を振る。

「そんなこと言わないで。私が守保くんを助けたわけじゃないよ」

謙遜しているように聞こえたかもしれないが、本音だ。目の前にいるこの青年がまだ少年だった頃、世依子の医師としての戦力はゼロに等しかった。ただ二葉にくっついて、あたふたしていただけだ。治療はきつく、自由はなく、明日が見えない――鬱屈せざるをえない少年の話し相手すら、まともに務められた記憶がない。

――だって私、本当は人を助けられるような人間じゃないから。

世依子は挨拶もそこそこに遺失物保管所をあとにした。

*

ペンギンが歩いてくる。

ホームの上を、当たり前のようにぺたぺたと歩いてくる。

幻覚でも見ているのかと再三まばたきをしてみたが、ペンギンは依然として実在していた。

世依子は降りたばかりの油盥駅のホームをそっと見渡す。ペンギンを捕獲しようと追ってくる人間の姿はない。サーカスやペットのペンギンが逃げだしたわけではなさそうだ。

ホームで電車を待つ乗客達はいたって自然な様子で立っていた。ペンギンにちらりと視線を投げる者はいても、近づいていったり騒いだりせず、「あ、ペンギンね、はいはい」と納得したように、ふたたびスマホや本に目を落とした。

そんな場の空気から浮き上がらないように、世依子も「あ、ペンギンね、はいはい」という顔を作りつつ、近づくにつれ生臭いにおいがしてくるペンギンを、内心わくわくして凝視する。

ペンギンと目が合った。黒い瞳がきょろんとこちらを向いたまま動かなくなる。小さな黒い頭には白い筋が入り、カチューシャをしているようだ。ペンギンは世依子の目を無心に見つめたまま、上体を左右に揺らしてえっちらおっちら歩いてきた。「がんばれ、がんばれ」と声をかけたくなる覚束ない足取りだが、歩くスピードは意外と速い。近くまでくると、辺りはより一層生臭くなり、肉厚の足がコンクリを打つぺたぺたという音もうるさいほど響いた。

ふいに舞依子の顔が浮かぶ。今、目の前に広がる非日常な光景を、彼女にこそ見せてあげたい。

——いたよ、舞依子さん。〝電車に乗るペンギン〟は本当にいた。会えたよ。

すぐ近くまできたペンギンが首をかしげ、世依子を見上げる。と、いきなり翼をふわりと浮かせ、「クァラ、カアカアカア、クァラララ」と鳴いてみせた。真顔ながら、どこか得意げだ。世依子はペンギンの頭を撫でたい衝動を必死でおさえる。代わりに、スマホを取り出し、フラッシュなしですばやく写真を撮らせてもらった。舞依子に見せようと考えていると、指が滑って連絡帳をタップしてしまう。

何かあったときのために、連絡帳には現在担当している患者達の住所と電話番号が入っていた。世依子はふと思い立って仁村舞依子の住所を調べ、最寄り駅を特定する。ここからそう遠くなかった。

ざわめく心をおさえ、まっすぐに自分を見つめてくるペンギンの瞳を見返す。その黒々とした瞳の中に、世依子は自分の心が映っているように感じた。

表層には、舞依子の家の鍵が見つからないことを残念に思う気持ち。さらに奥を覗けば、以前から舞依子に対してずっと感じつつ、見ないふりをしてきた不安がある。

――舞依子さん、あなたは本当に「生きたい」と思ってる？

舞依子の言動はいつもふわふわしていて、夢見る少女のようだった。捉えようによっては微笑ましい個性だが、大病を患っている彼女の現在の状況を考えると、どこか現実を諦め、放棄しているようにも見えて心配だった。

そして心配したあと、いつも湧いてくる疑問があった。

――どうして彼女は、たった一人で重い病気と闘わなければならないの？

プライベートなことだから、と医師としての世依子が物わかりよくのみ込んできた疑問だ。だけど本当は、夫という家族の存在があまりにも希薄であることに、いつもやきもきしていた。一番近い存在であるはずの舞依子の夫に、もっと彼女を助け、生きる気力を奮い立たせてほしいと切望していた。

——仁村舞依子には生きてほしい。仁村舞依子を助けられない事態には二度と陥りたくない。

恐れにも似た本音がペンギンの瞳を通して透けて見え、世依子は動きだす。

「特定の患者への過度なケアだと受け取られるような行動はなるべく控えた方がよろしいかと」という看護師長の声がうっすら頭の中で響いたが、今日はオフだ。個人の休日をどう使おうが私の勝手だ。

世依子は自宅に帰る路線とは違うホームに移った。向かいのホームをよっちよっちと歩きつづけるペンギンを目の端で捉えつつ、乗車列に加わる。

ナビアプリによれば、駅から舞依子の自宅までは大きな通りに沿ってただただ進めばいいらしい。地図を見るのがあまり得意ではない世依子は、おおいに助かった。

街路樹の植わった大きな通りの両脇には巨大なマンションが建ち並び、それが途切れると今度は屋根やドアの色だけ違う建売住宅がつづく。歩きつづけて十五分、舞依子の自宅はそんな建売住宅群のおしまいの辺りにあった。

『仁村』と書かれた表札を確認してから、世依子は敷地全体を見回す。庭はなく、狭小一歩手前の長細い建物は、家というより巨大なケーキ箱に見えた。モルタル塗の白い壁がそう見せたのかもしれない。斜めになった屋根の下に、広いベランダがついている。二階建てのようだ。ドアは木製で、明かり取り用に菱形のガラスがはまっていた。建物の造りや外観の色使いは、同じ区画内の隣や奥の家とほぼ同じだ。仁村家を際立たせている特色があるとすれば、〝生活感のなさ〟だろうか。

玄関脇に所狭しと並んだ植木鉢や、ベランダに干されたふとん、カースペースに押し込まれたベビーカーや子ども用自転車といった、住人達の色がつい滲んでしまう物が、舞依子の自宅には一切なかった。かといって、モデルルームのような完成度があるわけでもない。たしかに誰かが暮らしているのだろうが顔が見えてこない、無味乾燥な家だった。

正面のカースペースに車はなく、カースペースに面した大きな窓にはブラインドがおりている。辺りは静まりかえり、中に人のいる気配は感じられなかった。

世依子はそれでも諦めきれず、カースペースの脇にある呼び鈴を鳴らす。三分ほど待ったが、やはり応じる者はいなかった。

「──海外出張か」

ため息と共につぶやき、世依子はようやく舞依子の自宅から離れる。そのまま歩きだして百メートルもいかないうちに、後ろでブレーキ音が聞こえた。

あわてて振り返ると、深緑色のセダンが舞依子の自宅のカースペースにバックで駐車するところだった。車庫入れは一発で決まり、ドアの開閉音が響く。

世依子は考える間もなく、走って引き返した。

「仁村さん」

大きな声で名前を呼ばれ、家に入ろうとしていた男性が背を震わせる。怪訝そうに振り返った顔は、世依子が想像していたよりずっと端整で健康的だった。

「失礼ですが、仁村雅彦《まさひこ》さんでしょうか？」

入院に際しての事前アンケートに書かれていた舞依子の夫の名前を思い出しながら尋ねる。

男性の端整な顔が、崩れない程度に少し歪んだ。

「はい。そうですけど――どちら様でしょう？」

「私、仁村世依子です。潮台田病院で奥様の担当医をしております」

世依子はかじかんだ手でバッグの中をまさぐって、入れっぱなしの名刺入れを何とか探し当てる。病院名と診療科名だけが書かれたシンプルな名刺を差し出しながら、「苗字が同じなのは、偶然です」と言い添えた。

雅彦は世依子の苗字には特に反応せず、かすかに頭を下げる。ふたたび上げた顔には、世依子が何者かわからなかったときよりもむしろ濃く不信感が滲んでいた。

「病院の先生って――患者の自宅にまでやって来るんですか？」

「すみません。実は昨日、舞依子さんに外泊許可が降りていたんです。ご存知でしたか？」

「外泊許可？――ああ、何か一時帰宅的な？　はいはい、知ってます」

「舞依子さんは家に帰る途中で、自宅の鍵を紛失されて病院に引き返してこられました。〝夫が海外出張中で家に誰もいないから、鍵がないと入れない〟って」

ゆっくり説明しつつ、世依子は雅彦の表情の変化を観察する。ぴくぴくと片方の眉が上がり、上唇が数度震えたあと、さっきより幾分高くなった声が押し出された。

「海外出張は先週でした。舞依子が勝手に勘違いしたのでしょう。外泊したいなら帰ってくるよう、彼女に伝えてください」

「申しわけありません。治療のスケジュールを狂わせるわけにいかないので、今回の外泊許可は取り消されました」

「だったら――」

あんたは何しに来たんだよ？　という雅彦ののみ込んだ問いかけが、世依子にははっきり聞こえた。

「今回、舞依子さんの外泊の日取りは、お忙しいご主人の都合と慎重にすりあわせて決めました。ご夫婦で話し合われたんですよね？」

「――もちろんです」

「だから、おかしいと思いました。海外出張というのは舞依子さんの勘違いではないかと——。もしそうであれば、ご主人は舞依子さんの帰ってこないことを心配なさっているだろうから、事情を説明した手紙でも置いていこうかとお家にうかがったんです」

「電話でよろしかったのに」

「ご主人と電話の通じた例しが、今まで一度もなかったので」

世依子の言葉を皮肉と受け取ったのか、雅彦は整った顔から感情を一切消して「わざわざ申しわけありません」と平坦な声で謝り、話を断ち切るように頭を下げた。

「舞依子が帰ってこない事情はわかりました。今日は午後出社予定なので、失礼します」

そのまま去ろうとする雅彦に、世依子は声をかける。

「あの、ドナー登録をされるつもりはありませんか？」

「ドナー？」

「奥様のご病気はなかなか厳しいものですが、骨髄の移植によって寛解——つまり快方に向かう確率が格段に上がります。この骨髄の提供者をドナーと呼ぶんですが、なかなか奥様と同じ白血球の型を持つドナーが見つからなくて——」

「僕なら同じ型を持つと？」

雅彦は表情を変えずに聞いてきた。写真が喋っているような印象を受ける。世依子は折れそうになる心を懸命に支えて、首を横に振った。

「いえ、それは確約できません。同じ両親から生まれた兄弟姉妹がいれば、二十五パーセントとかなりの高確率で適合しますが」

「あいつには兄弟姉妹どころか、親も親類もいませんよ」

「ええ。ですから唯一の家族であるご主人に頼んでいます。もちろん、夫婦はもともと他人。白血球の型は一致しない確率の方が高いでしょう。それでも、ご主人が自分のためにドナー登録したという事実は、舞依子さんの生きる気力を高めるのではないでしょうか？　治療には患者さん本人の〝生きたい〟という気持ちがとても大事なんです」

木製の玄関ドアを背にした雅彦は、鷹揚に体勢を立て直し、世依子を見下ろす。くっきりした二重の瞼が重たげにおりてきて、世依子の心を見透かすような視線を投げると、唇が斜めに曲がった。

「僕がドナー登録することで、彼女の生きる気力を高められると？　本気でそう思ってます？」

「それは――」

口ごもった世依子を見て、雅彦は白い息を吐いてかすかに笑う。

「さようなら。気をつけてお帰りください」

雅彦の姿が消え、ドアが音を立ててしまった。急に重力が強くなったように感じる。肩に疲労がどっと降りてきた。

*

家に辿り着いてから、だいぶ遅めの昼ごはんを作って食べる。世依子にとって料理は、生活の一部にできない分、ストレスを発散する娯楽になりえた。

「イケメン鉄仮面め、妻を何だと思ってんだ?」

パスタを茹でながら悪口が飛び出す。誰が聞いているわけでもない。これもストレス発散の手段の一つだ。

「クソッ」

仕事場はもちろん外でもあまり吐けない乱暴な言葉を使って、少し溜飲を下げた。

一人分には少し多すぎたアボカドとベーコンのパスタをどうにかたいらげ、怒りのパワーで洗い物まで一気に終わらせたところで、後悔が押し寄せる。

今日の自分の行動は、仁村雅彦の足を病院からさらに遠ざけることになったかもしれない。だとすれば、舞依子に謝らなければ。病気で十分苦しんでいる舞依子を助けるつもりが、ダメージを増やしただけなんて、担当医失格だ。

世依子は呻きながらソファに仰向けになり、ブランケットをかぶって目をとじた。中途半端な時間だったが、反省の言葉を並べているとすぐに眠気がやって来る。この図太さが自分を生かしてきたのだと自嘲しながら、世依子は眠りの世界にすっぽりはまり込んだ。


夕焼け空になっても、暑さはやわらがなかった。水着の上に着たTシャツにじわじわと汗が滲んでいくのを感じながら、世依子は隣に座る妹に話しかけた。

「舞依子、もうちょっとだけ泳いでいこっか」

「んー。でもお母さんが、お日様が傾いてから海に入るのはダメって」

「まだ傾いてないよ、ほら」

世依子が指さした先の太陽は、水平線よりまだだいぶ上にある。その位置から海の中に落ちるまでが実は速いのだが、七歳下の妹は姉の言葉を鵜呑みにした。

「だったら泳ぐ」

言うが早いか、舞依子は立ち上がり、Tシャツを脱いで赤いワンピース型の水着姿になる。世依子もTシャツの裾を引き上げかけて、はたと妹を二度見した。

「舞依子？」

「ん」と振り返ったのは、患者の舞依子だ。十歳だった妹の舞依子ではない。

世依子はあわてて体を見下ろし、どうやら自分も十七歳ではないらしいと悟る。さらに辺りを見回せば、二人が腰をおろしていたのは祖父の家の近所の砂浜ではなく、海狭間駅のホームだった。

「この海は、やめとこう」

コンビナートが向かいに見える銀色の海に、世依子の腰が引ける。今は夏のはずなのに、ずいぶん水が冷たそうだった。

「やだ。泳ぐ」

舞依子は十歳の少女のような物言いをして、赤い水着姿のままホームを駆けだす。端まで行って、そこから海に飛び込むつもりらしい。

世依子は必死に腕をつかんで止めようとした。

「やめなって。見てよ。〝遊泳禁止〟って書いてあるし、明らかに工場の排水が流れ込んでるし——」

「お姉ちゃんが泳ごうって言った！」

手が振り払われる。燃える瞳で睨まれ、世依子は恐怖を感じた。

「舞依子——さん？」

「お姉ちゃんが泳ごうって言ったんだ。だからわたしは海に入ったのに。お姉ちゃんは助けるって言ったのに――」

「許して、舞依子。ごめん。本当にごめんなさい」

頭を抱えるようにして、世依子が謝ったそのとき、銀色の海から水飛沫と共にぷしゅっと飛び上がるものがあった。世依子も舞依子も思わず動きを止め、注目する。

ロケットのように斜めに宙を切り、ふたたび海に潜っていったシルエットは、ぽってり膨らんでいた。

一息つく間もなく、それはまた海上に飛び出る。夕日に照らされ、今度は姿がよく見えた。しっとりと濡れた黒白ツートンカラーの体。白い筋の入った小さな頭に膨らんだ腹。オレンジ色のくちばしと肉厚な足。そして申しわけ程度についた翼。

「ペンギンだ」

舞依子が叫んだ。

「あれって、電車に乗るペンギンかな？」

「そうだよ。だから海には飛び込まず、ここで電車を待とう。きっとペンギンも乗ってくるから」

世依子は必死に言いくるめながら、舞依子の細い腕をつかんだ。もうだいじょうぶ、お姉ちゃんは今度こそ離さない、絶対に離さないで助けるからね、と誓いながら。

世依子は幸せな気持ちで目が覚めた。そして一分も経たぬうちに、この満足感は夢の一部だと気づいて肩を落とす。ずいぶん寝たと思って時計を見ると四時間経っていた。昼寝にしてはたしかに長い。ブランケットと暖房で寒さは感じなかったが、体の節々が痛かった。すっかり暗くなった室内に灯りをつけていると、ダイニングテーブルに置きっぱなしにしていたスマホが鳴りだす。世依子は寝起きの声と悟られないよう、発声練習をしてから電話に出た。

——守保です。今、だいじょうぶですか？

「平気。平気。どうした？　もしかして？」

——はい。見つかりました、蝶ネクタイをしたペンギンのキーホルダーがついた鍵。

「よかった！　患者さんから代理人届をもらえたら、私が受け取りに行くわね」

——はい。あ、でもこれ、お返ししてもいいのかな。

独り言のようにつぶやいた守保の言葉が引っかかる。

「どういうこと？」

——いや、見つかったのが、実は線路の上なんです。それも電車のドアとホームの間とかではなく、上り線と下り線の線路の間、中央付近のバラストっていう敷石の上だったんですよ。

その説明だけではよくわからず、世依子が黙り込むと、守保の声が遠慮がちにつづいた。

──そんな場所に〝うっかり落とす〟なんて不可能じゃないかなあ？　明確な意志を持って、ホームから〝遠くに投げる〟、もしくはこの寒い季節に車内の窓をあけて〝わざわざ落とす〟行為が必要だと思うんです。

「つまり──私の患者さんは自宅の鍵を落としたんじゃなくて、自分から〝捨てた〟と？」

まだ半分夢の中にいた頭が急速に冷めていく。心臓がぎゅっと縮んだ。舞依子に会って何て言えばいいのか、まるでわからない。世依子は途方に暮れ、スマホを握りしめる。

──もしもし？　仁村先生？　だいじょうぶですか？

耳元で守保の声が響く。そのささやきにも似た穏やかな声に、救いを見出した。

「蒼平くん。今から私、そっちに行ってもいいかな？」

代理人届を持っていない世依子が行ったところで、舞依子の落とし物は受け取れない。さぞ急で意味のわからない申し出だったろうに、守保は戸惑いも見せず、即答してくれた。

──はい、どうぞ。お待ちしています。

海狭間駅は、そこに辿り着くまでが実に面倒くさい駅だ。

日が落ちて気温の下がった油盥駅で、歯の根が合わないまま二十分も電車を待ってみて、世依子は思い知った。

守保がなくしもの係の部屋を十分にあたためて待っていてくれて、人心地つく。

「寒いなか、おつかれさまです」と頭を下げた守保に、挨拶もそこそこに世依子は告げた。

「代理人届がなくても、鍵を見せてもらうことはできるんだよね？」

「はい。ちょっとお待ちください」

守保はカウンターから離れて奥へ引っ込み、ＰＣがのった机の上からくだんの鍵を持ってきてくれた。

世依子は手に取る。

キーホルダーのペンギンは想像していたより、リアルに近い姿をしていた。今日駅で会ったペンギンがそのまま小さくなった感じだ。そんなリアルペンギンが、アニメっぽくデフォルメされた大きくて真っ赤な蝶ネクタイをつけている。かなりシュールな見た目と言っていい。

世依子は手の中でキーホルダーを転がし、鍵を裏返す。銀色のディンプルキーには傷一ついていなかったが、ペンギンの蝶ネクタイの端っこの赤い塗料が剝げていた。線路に落ちたときに剝げてしまったのだろうか。

息を殺してこちらをうかがう守保の気配を感じ、世依子は顔を上げる。

「今日の昼間、ここから帰る途中ね、私、駅でこのペンギンを見たの。キーホルダーサイズじゃなくて、本物の」

「えっ。どこの駅ですか？」

守保がぐっと身を乗り出した。その真剣な調子に、世依子は少し気圧されながら「油盥駅」と答える。

守保は「油盥駅」と鸚鵡《おうむ》返しに繰り返し、身を引く。

「――このペンギンでした？　頭にカチューシャみたいな白い筋が入ってませんでした？」

「あ、入ってたかも」

世依子はもう一度キーホルダーのペンギンに目を落とす。目とくちばしの周りを囲むように白い羽が生えているが、頭部は全体が黒くなっていた。

「このキーホルダーのペンギンはフンボルトペンギン。仁村先生が駅で会ったのは、ジェンツーペンギンのはずです」

「蒼平くん、詳しいのねえ」

「通称〝ペンギン鉄道〟の職員ですから」

「ペンギン鉄道？　そんな通称ができるほど、電車に乗るペンギンは有名なのね。道理で、乗客のみなさんが落ち着き払っていたわけだ」

守保は小さな歯を見せて笑った。病院ではなかなか見られなかった笑顔だ。本来こんなふうに笑う子だったのかと、世依子は胸が熱くなる。心身を痛めつける闘病生活は、患者から希望を奪いがちだ。そして希望がなくなると、人はその人らしさをなくしてしまうと、世依子は今までの経験でよくわかっていた。

「この鍵の持ち主の患者さんはね、ＵＦＯや妖精が大好きで、一度見てみたいってよく言ってるの。そんな彼女の口から〝電車に乗るペンギン〟って言葉も出てたから、私はてっきり都市伝説の類だとばかり――」

「本当にいて、驚いたでしょう？」

「うん。すごく驚いた。驚きすぎて、最初は自分の目が信じられなかった。何度もまばたきしたもん」

守保は微笑んでうなずく。赤い髪の毛がさらさら揺れた。彼の周りから立ち上る穏やかな空気に勇気をもらって、世依子は口をひらく。

「その患者さん――蒼平くんが克服した病気に、今罹《かか》ってる。体に負担のかかる治療を受けても数値がなかなかよくならなくて、とても苦しい時期だと思う」

守保の表情はおっとりと変わらない。口も挟まなかった。

「この苦しい時期を乗り切ってもらうために、私は自宅での宿泊を許可したのよ。家族から生きる気力をもらってほしくて――でも」

世依子は掌の中の鍵に目を落とす。

「家に帰る鍵を捨ててしまうって、どういうこと？　夫が待つ家には帰りたくないってこと？　家族がいても、生きたいって思えないのかな？　本人が生きようと思っていない患者さんを、医師はどう助けたらいいのか――わからないのよ、本当に」

長い沈黙のあと、カウンターを挟んで向き合う守保が少し背をそらした。

「仁村先生にとって特別な患者さんなんですね、その人」

世依子が言葉に詰まって見つめた守保の顔は、フニャッと力が抜けていた。おかげで素直にうなずける。

「彼女の名前、仁村舞依子って言うの。偶然だけど、私の妹と漢字まできるきりいっしょの名前。私の七つ下だから、年齢まで同じなのよ。嫌になっちゃう。医師としてのふさわしい距離がつかめないのは、きっとそのせい」

「なるほど」

「あー。いっそ彼女と本当の姉妹だったらよかったわ。そしたら、白血球の型も一致しやすかったのに。彼女が生きるための具体的な助けになれたかもしれないのに――」

世依子はふと口をつぐむ。この愚痴は、守保にとって酷だったかもしれないと思い当たったせいだ。世依子の唐突な沈黙をどう捉えたのか、長い前髪の下の守保の目がきらりと光った。

「〝生きる〟という言葉に込める意味は、人それぞれだと思います。僕は病院にいた頃、健康な人と同じように過ごすことが〝生きる〟ことだと思っていて、とても苦しかった。自分がまるでもう死んでるみたいで、死んでるくせに大事な人達に手間と迷惑をたくさんかけていて、耐えられないなって――でも、ある人に〝人は生まれたら、生きる義務がある〟と言われて、楽になりました。義務かあ。義務なら仕方ないなあ。がんばろって思えた」

守保の笑顔そのままの、力の抜けた気楽な言い方だったが、「死んでるみたい」な状態から「がんばろ」と自分を奮い立たせるまで心を強くするのは――楽観の難しい病気で入院中という環境であれば尚更――並大抵の努力ではなかったはずだと、世依子は思う。

守保は世依子の手の中の鍵に目をやり、何度かうなずいた。

「ちなみに、そのとき僕の心を救ってくれた人は、お医者さんでも家族でもなく、通りすがりの赤の他人でした。そういうこともあります」

世依子は守保と見つめ合う。守保のつぶらな瞳にかかるまつ毛は意外と長い。まばたきの音が聞こえるようだった。守保はにらめっこに負けた子どものごとく、フニャッと口角を上げて笑う。

「誰かとかかわることって難しいし、面倒なことも多いですけど、でも、まずはかかわらなければ、助けることも助けてもらうこともできないんじゃないでしょうか？」

「――それが、蒼平くんの職業意識？」

「いいえ。〝生きる〟コツですね」

やわらかい笑顔のままさらりと言った守保に、世依子は鍵を返す。

「ありがとう。私、ちょっと病院に行ってくる。この鍵をどうするかは、保留でお願い」

「わかりました。責任を持ってお預かりしておきます」

守保は雛鳥を抱くように両手で鍵をそっと包むと、腕時計に目を落とす。

「ちょうどよかった。あと二分で電車が来ますよ」

幸先がいい、と世依子は信じることにした。

＊

潮台田の駅から潮台田病院まで小走りで来たせいか、寒さは感じなかった。

潮台田病院は古いが、立派な外観を保っている。東北から関東にかけて大きな打撃を与えた地震でも亀裂一つ入らなかったことで、当時の患者達にどれだけの安心を与えたかわからない。

世依子は舞依子との対面前に気持ちを落ち着けようと白い息を吐いて、さんざん見慣れた建物をあらためて見上げる。今夜も、屋上のフェンスにかかった大きな看板がライトアップされている。そこに書かれた病院名が夜目にも読めるように。一刻を争う命が道に迷ったりしないように。

少し汗ばんだ首元からマフラーを取り去って歩いていると、入口を脇にそれて奥まったところにある、職員専用駐車場で影が動くのが見えた。人目を憚《はばか》って隠れているのが丸わかりの、怪しい動きだ。駐車場を利用している職員にはとても見えない。

職員以外の職員専用駐車場への立ち入りは禁じられている。おまけに今は診療時間外だから、関係者以外はそもそも病院の敷地内に入ってはいけないはずだ。

——不審者？

世依子は心臓の音が高くなるのを感じつつ、病院の建物をちらりと見上げる。その中で今夜も長い孤独と闘わなければならない患者達の顔を思い出したら、ムートンブーツの爪先が職員専用駐車場へと向いた。

外来の診療時間が終わってすでに帰宅したスタッフもいるため、駐車場に停めてある車の数はまばらだ。

世依子は駐車場の入口でおもむろに膝をつく。そのまま四つん這いに近い姿勢で、停まっているすべての車の下に目を凝らした。三十メートルほど離れた白い軽自動車の下で、黒い影がうずくまっているのを見つける。

世依子は静かに深呼吸すると、白い軽自動車に向かって声をあげた。

「そこで何してるんですか？」

黒い影がびょんと飛び上がる。驚いた拍子に立ち上がってしまったらしく、車の下から見えるのは細い二本足のシルエットだけになった。

「誰だ？」と甲高い男性の声で怒鳴られる。まるで、こちらが見つかった不審者のようだ。

「失礼ですけど、病院の関係者？」

「うっせーな。静かにしろ」

挑みかかってくる物言いに恐怖を感じたが、世依子はどうにか立ち上がり、声を絞りだす。

「もし関係者以外の方でしたら、今そこにいるのは違法になりますよ」

「ちょっ、黙れ。こっち来んなや」

先方の声がいきなり低くなる。何かに気を取られながら喋っている様子だ。凶器を持っていたらどうしよう？　いきなり殴りかかってこられたらどうしよう？　組み敷かれたらどうやって逃げればいい？　思いつくかぎりの最悪の展開に答えを用意しながら、世依子は慎重に近づいていく。

「ここは潮台田病院の敷地内。私はここの医師です。つまり自由に移動する権利があります」

「だから、理屈こねんなって——あっ」

悲鳴に近い声があがり、男性が突然、外灯の届かない暗がりの方へと駆けだした。足音が遠ざかっていく。世依子は必死で目を凝らして追いかけた。

「待ちなさい」

「待て」

世依子と男性は同時に声をあげる。世依子は首をかしげ、男性の背中に向かってもう一度叫んだ。

「誰かを追ってるの？」

返事はなく、駐車場の脇の植え込みをガサガサ搔き分けている音だけが響いていたが、やがて「クソッ」と悪態がつかれる。

そして、今までずっと黒い影としか見えていなかった男性の全身が、植え込みからぬっと現れた。高い声とその言葉遣いの悪さから何となく小男をイメージしていたが、百六十八センチの世依子が見上げるほどの背の高さだ。

男性もまた、暗がりの中に立つ世依子の姿を見つけたのだろう。

「ちょっとあんた！」という怒号と共に大股で近づいてきた。その勢いに怯えて、世依子は後ずさる。そして外灯の届く位置にきた彼の頭がモヒカン刈りであることに気づき、目をみはった。

「――パンクス？」

髪型だけではない。病的一歩手前の痩身にぴたりとしたライダースジャケットをあわせ、赤いチェックのスリムパンツを穿いて、ぼろぼろの帆布バッグを斜めがけにしている姿は、パンク全盛時代のロンドンから抜け出してきたようだ。中高時代、ラモーンズやザ・クラッシュやセックス・ピストルズといった王道パンクロックを聴き漁っていた世依子としては、男性に対する恐怖心がほんの少し和らいだ。

「あんたのせいで見失ったじゃねぇか」

「誰を？」

「ペンギンだよ」

世依子のまばたきがゆっくりになる。モヒカン男はそんな世依子の顔を覗き込み、はっと表情を変えた。急にあわてだす。

「あ、えっと、嘘じゃないよ。冗談でもない」

顔を横に向けたまま早口で言った。頭皮に黒く彫られたドクロが見える。いや、よく見ると、入れ墨ではなかった。刈り上げた側頭部の髪を部分的に長めに残し、ドクロマークを浮かび上がらせているのだ。

「マジでペンギン。本物。この辺りじゃ、ペンギンがひとりで電車に乗るんだろう？」

「ひとりって――ペンギン鉄道のペンギンのこと？」

「そうだよ！　そのペンギンだよ！　せっかくここまで追い込んだのによぉ、先生が大きな声出すから――」

モヒカン男の声から不遜で猛々しい調子が消えていく。寒いのか足踏みをはじめた姿に幼さすら感じて、世依子は腕組みした。

つい数時間前、ホームで見かけたペンギンのぽってりしたシルエットが思い浮かぶ。駅にペンギンのいる光景もかなりのインパクトだったが、病院を歩くペンギンとなるとさらにファンタジー度が増す気がしないでもない。ペンギンのもっふりした白い胸に聴診器をうずめて心音を聴く自分を想像し、世依子は思わず頬をゆるめた。モヒカン男の視線を感じたので、あわてて真顔に戻す。

「ペンギンを捕まえる気だったの？」

「まあね」

「保護という観点から？　それとも私利私欲で？」

世依子が顔を近づけると、モヒカン男は気まずそうにうつむく。

「まあ、どちらにせよ、診療時間外の病院敷地内へは関係者以外立入禁止です。不法侵入になりますよ。それに私への暴力の罪も――」

「はっ？　ちょっ、待ってよ。俺、ペンギンを追いかけて夢中で入ってきちゃっただけで――それに、暴力なんてふるってねぇし」

声が大きくなったモヒカン男の鼻の先を、世依子はまっすぐ指差した。

「それよ」

「何？」

「殴る蹴るだけが、暴力じゃない。乱暴な言葉だって暴力。無視だって暴力。不機嫌な態度をこれみよがしに示しつづけることも暴力。すべての行為は、相手が恐怖を感じた瞬間に、暴力となりうるの」

言いながら、世依子の頭には舞依子と雅彦の顔が交互に浮かび、言葉に力がこもる。

「男女共に気をつけなきゃいけないことよ。特に男性はね、どうしたって強い。一般的に女性より体も大きいし、力も強い。だからうんと慎重でいなきゃダメ」

「わかったよ」

モヒカン男は反論することもなく、素直にうなだれる。世依子は安心した。この子はだいじょうぶだと思える。

「わかってくれたらいいの。不法侵入については見逃してあげます。これから気をつけて」

「ありがとう——ございます。あの、俺、そんなに怖かった？」

「ええ、とても。夜、暗いなかで見知らぬ男性から怒鳴られたら、怖いにきまってる」

「怒鳴ってるつもりはねぇんだけど——あ、ないんですが。商売柄、つい声を張ってしまうんで——とにかく、ごめんなさい」

モヒカンを風に揺らして頭を下げる。世依子はうなずき、腕時計に目を留めた。

「それじゃ。私はこの辺で」

「今から仕事っすか？」

モヒカン男の気安い問いかけに、世依子の口もつい軽くなる。

「仕事中にこんなブラブラできないわ。今日は休日。でも、ちょっと気になる患者さんがいて——外出ついでに寄ってみたんです」

世依子の返事に、モヒカン男は目をしばたたき、ふっと息をつくように笑った。

「先生は相変わらず人助けに余念がねぇなあ」

世依子は思わずモヒカン男の顔を見返す。知り合い——の記憶はないが、どこかで会ったことがあっただろうか？

「もしかしてあなた、私の患者さんだった？」

世依子の問いには答えず、モヒカン男は「ほんじゃ」と背を向けて去っていった。


私服姿で「来ちゃった」と医局に入ってきた世依子を見て、看護師長は心底ほっとした表情を見せた。

「仁村先生は当直のあとの完全休日でしたので、お電話するのは控えてたんですけど——」

舞依子のドナーが見つかったと言う。顔をかがやかせる世依子に釘を刺すように、看護師長は早口になった。

「ただ、当の仁村舞依子さんが難色を示しておりまして、移植は絶対したくないと」

「——絶対？」

「はい。そう言いました。何度聞いても理由は話してくれないので、さっぱりわかりません。それで仁村先生にご相談したくて——」

「わかった。ありがとう。私が話してみます」

世依子はそのまま身を翻しかけ、あわてて白衣を羽織りに戻った。

外見も気持ちもすっかり仕事モードになって、世依子は血液内科の入院患者がいるフロアを早足で突っ切る。空調の整えられた病院の廊下は、夕食と就寝の狭間のざわめきに満ちていた。世依子の本革のスリッポンが立てる静かな足音は邪魔にならないはずだ。たとえ少々うるさくても、今夜ばかりは他の患者に気を遣っている余裕がなかった。

舞依子の病室に直行し、ドアの前で声をあげる。

「舞依子さん。仁村です。入りますよ」

返事が来る前にドアをあけた。舞依子はベッドに横になったまま、白い天井をぼんやり眺めている。世依子がベッドの傍らに立つと、かすかに首をかたむけ、「こんばんは」とささやくように挨拶した。自分が今、茶髪のウィッグをかぶっていないことにも気づかないようだ。

「あれ？　先生、今日はたしか――」

「舞依子さんのご自宅の鍵が見つかったって連絡が入ったから、知らせに来たのよ」

「お休みの日にわざわざ？」

舞依子の薄い眉が下がり、気弱げな表情になる。

「うん。なくしもの係に取りに行くか、預かっておいてもらうか、舞依子さんにちゃんと聞こうと思って」

「お気遣いありがとうございます。預かってもらったりできるんですか？」

「預かっておいてほしい？」

世依子の問いかけに、舞依子はふとんから出した手をぎゅっとにぎり合わせたが、返事はなかった。

世依子は見舞い客用の折りたたみ式パイプ椅子を枕元の近くで広げ、腰掛ける。カーテンをしめていない窓から、濃紺色の夜空が見えた。冬の空気は澄みわたり、星が瞬いている。

慎重に深呼吸してから切り出した。

「鍵を預かっておいてほしいことと、骨髄移植を断ることの理由は同じじゃないかしら？」

舞依子の呼吸が一瞬詰まり、次に大きく息を吐く。そのタイミングに合わせ、世依子はもう一言付け足した。

「理由は、自分の家に帰りたくないから。違いますか？」

「——ここが好きなんです。治療はつらいけど、一人で好きに過ごせるから、ここにいたいんです」

舞依子は観念したように答える。薄い唇をぎゅっと結んだ青白い顔を、世依子はまじまじと見つめた。長く医師の仕事をしているが、難しい病気にかかっている患者で病院から出たくないと言ったのは、舞依子がはじめてだ。何となく予想していた答えとはいえ、本人の口から直接聞くと衝撃が凄まじかった。舞依子はそんな世依子の表情を確認して眉を下げ、ふとんを顔の上に引っ張り上げた。

「すみません、先生。困らせるつもりはないんです。病院の先生や看護師さん達には本当によくしていただいて、感謝しかありません。だけどわたし──できれば、治りたくない」

「──舞依子さんの病気の場合、〝治らない〟イコール〝死〟という公式が成り立ってしまいがちなんですが」

世依子は感情を抑え、事務的に「死」という言葉を用いた。

「それでもいいです」

「よくないです」

反射的に叫ぶ。これ以上、医師の仮面をかぶっていることは難しい。世依子は仮面と共に舞依子のふとんも引っ剝がし、横たわった彼女の肩をつかんだ。髪が抜けて小さくなった頭がぐらりと揺れる。

「ねえ、舞依子さん。私は──いえ、潮台田病院のスタッフ一同は、あなたを助けたいんです。幸運にもドナーまで見つかったのに、このままむざむざ見殺しにはできない」

舞依子の表情が変わらないのを見て、世依子の頭の中をいつもの疑問がよぎった。

――最後まで助けられるの？

ためらいを覚えた世依子に、守保の言葉がよみがえる。

――誰かとかかわることって難しいし、面倒なことも多いですけど、でも、まずはかかわらなければ、助けることも助けてもらうこともできないんじゃないでしょうか？

世依子はすっと息を吸い込み、一息に言ってみる。

「すみません。失礼かつ立ち入ったことをお聞きします。もしかして舞依子さん、ご主人――仁村雅彦さんから酷い目に遭わされていませんか？　家に帰りたくないほどの酷い目に」

夫のフルネームを聞いたとたん、舞依子は目をみひらき、ぶるりと身を震わせた。

「なぜ、そんなこと――」

「舞依子さんの話や入院時のご主人の立ち居振る舞いから、薄々感じてはいたんです。ただ、家族のプライベートかつデリケートな問題に、他人は迂闊に口や手を出せないでしょう？医師としての責務からも大きく逸脱しちゃうし、考えないよう見ないようにしてきました。でも今日はどうしても気になって、ごめんなさい、舞依子さんのお家に行ってみたの。そしたらご主人が――」

「いましたか？」

「半休を取ってたみたい」

舞依子は喉の奥で変な音をさせた。咳き込んだのかと思ったが、笑ったようだ。

「帰らなくてよかった」

世依子の視線を受け、舞依子は「あの人は、ひどい」とはっきり口にする。

「でも彼、先生の前では〝まっとうな夫〟のふりして取り繕ったでしょう？」

「繕えてなかったけどね、全然」

肩をすくめながら世依子が「ＤＶ？」と尋ねると、舞依子は枕の上で左右に首を振った。そこではじめて違和感に気づいたらしく、あわててサイドテーブルの上に手を伸ばす。世依子はウィッグを手に取り、渡してやった。

舞依子は恥ずかしそうにウィッグをかぶり、茶色い髪を弄びながら言う。

「いえ、殴られたことはありません。怒鳴られたこともありません。一度もです。ただ——笑いあったり楽しくお喋りをした記憶もありません。結婚してからずっと、あの人は不機嫌で、わたしが何をやっても不満げで、何か話しかけても冷笑しか返ってきません。最初のうちはわたしも怒って訴えたり、泣いて謝ったりしていました。でも、あの人はそういうわたしを全否定して背を向けるだけ。理由を何も告げられず突然、読んでいる途中の本や雑誌、期限切れでもない調味料が捨てられていくたび、気づくと怯えている自分がいました。そのうちにわたし、自分が本当にダメな気がしてきて、何をやっても無駄な気がして——」

「モラルハラスメントね。じゅうぶん離婚理由になるわ」

「無理ですよ。あの人、離婚なんて体裁の悪いことはしません。家という名の王国で、好き勝手できる王様の生活を手放す理由がない」

「でも舞依子さんには、そんな王国からさっさと出て行く理由と権利があるんじゃないの？」

舞依子は自嘲気味に笑った。

「あったとしても、わたしにあの人を説得することはできません。自立もできません。情けないけど、この病気が唯一、夫から逃げる手段なんです。まさに命がけの脱出——なんて」

「やめて」

舞依子の痛々しい笑顔を止めたくて、世依子は強い言葉を投げつけてしまう。とたんに、舞依子は笑顔を消したが、同時に口もとざした。

世依子は「ごめんなさい」とそっと身を離し、ふとんをかけ直してやってから、もう一度パイプ椅子に腰をおろす。そして言った。

「病気以外に、舞依子さんが自由になる道はあるはずだよ、きっと」

「自由か」と舞依子はだいぶ経ってから、かすれた声でつぶやく。

「その言葉、わたしにはＵＦＯとか妖精とかと同じに聞こえます」

「どういう意味？」

「そういうモノがあるって信じてるけど、自分では絶対に目にしたり手にしたりはできないと心のどこかでわかってる、遠すぎるモノ、という意味です」

まっすぐ天井を見上げる舞依子の目は澄んでいた。何もかも――自分の命すら諦めた人の目だ。世依子は、そういう目をしたもう一人の仁村舞依子を知っている。

「――私の妹の話をしてもいいかしら？」

静かに語りかけた世依子へ、舞依子はやっと視線を向けてくれた。

「妹さん、いらっしゃるんですか？」

「うん。しかもね、名前も年齢も舞依子さんと同じ――だった」

「だった？」

敏感に眉を下げる舞依子に、世依子はうなずく。

「十歳のときに、海で溺れてそのまま亡くなったんだ。私はいっしょにいて、あの子が溺れるところも見ていた。助けにもいった。だけど――」

言葉に詰まってしまう。妹のことを思い出すと、いつもここで記憶の映像も停止した。

まっすぐ伸ばされる舞依子の手。右手中指の爪だけやけに伸びている。そんなことに気づく余裕があったのは一瞬で、あとは無我夢中で手を取った。とたんに今まで感じたことのない強い力で引っ張られる。十歳の女の子のどこにこんな力が？　と驚く重みが、世依子の腕に加わる。溺れている舞依子共々、海中に引きずり込まれる恐怖。目をつぶり、やみくもに手足をばたつかせる舞依子には、いくら声をかけても届かない。苦しさと恐怖で我を失った舞依子は世依子を踏みつけ、海上に顔を出して呼吸しようと踠《もが》きつづける。

「〝お姉ちゃんが助けるから〟って一度はつかんだ妹の手を、私は離したの。はっきりと覚えてる。自分まで溺れそうになって、怖くなって、自分が助かるために小さな手を振りほどいたときのこと、昨日のことみたいに覚えてる。その瞬間、舞依子は私の顔を見たわ。ずっと目をつぶっていたのに、なぜかあのときだけ海中で目をあけて、私を見たの。それで悟ったのね。〝お姉ちゃんはわたしを助けてくれない〟って。あの子の目――みるみる透明になっていった。怖いくらいに澄んで、何も映さなくなった。生きることを諦めた目になった」

――ちょうど、今のあなたのように。

言葉をのみ込む。舞依子の透明な目を通して、十歳の妹が自分を見ているのがわかった。

「諦めさせたのは、私。助けるって言ったのに――見殺しにした。そんな私が、人の命を救う医者になったのよ。正直、いつも怖い。〝本当に最後まで助けることができるの？〟って妹に聞かれてる気がしてね。〝どの面さげて他人に命の尊さを説くの？〟って妹に呆れられてる気がして——たまんないわ。幽霊ってやつに本当に会えるなら、私は妹に会いたい。会って謝りたいって、いつも思ってる」

舞依子の視線の先はいつのまにか天井に戻っていた。その瞳がどんな影を宿しているのか、世依子の位置からはわからない。世依子はパイプ椅子を引き、咳払いする。

「今もまた妹に〝どの面さげて〟って思われてるかもしれないけど、それでもね、舞依子さん。私はやっぱりあなたに言いたいんだ。生きようって。生きて自由になろうって」

「お医者さんとしてですか？ それとも、舞依子さんのお姉さんとして？」

「——仁村世依子という一人の人間として、よ。私は、あなたを見殺しにしたくない。あなたが死んでいくのをただ見てるなんて、絶対に嫌よ。助けたい」

最後はただの意地になってしまった気がする。それでも、世依子は一歩踏み出せた手応えを感じていた。面倒くささは百も承知、自分が傷つき、二度と立ち上がれないかもしれないと覚悟の上で人とかかわれたことは、大きな進歩だろう。

「まずは移植手術を受けてください、仁村舞依子さん」

舞依子が苦しげに唾をのむ音が響く。何を言いよどんでいるのか、世依子にはわかった。

「ご主人のことは、そのあとで考えましょう。舞依子さんさえよければ、私も協力します」

「先生が？」

「離婚はおろか結婚すら未経験の私に相談するのは心許ないかもしれないけど——高校のときの友達が今、家庭問題専門の弁護士をしてるの。どこにゴールを設定するかの相談も含めて、少しは力になれるんじゃないかな」

長い間ができる。やはり図々しかったかと、世依子が反省しかけたとき、舞依子が起き上がった。ずれたウィッグを慣れた手つきで直し、潤ませた目を細めて微笑む。

「ありがとう、先生。お医者さんにそこまで甘えていいのかって考えると躊躇しちゃいますけど、仁村世依子という女性が味方になってくれたって考えると、死ぬほど嬉しい」

「死ぬほどって——」

「あ、ごめんなさい。言葉の綾です」

両手をぱたぱたさせる舞依子の幼い仕草に、世依子は笑ってしまう。

そのとき、舞依子が背にした窓の向こうを光が横切った。

「あれ」と立ち上がった世依子の視線を追って、舞依子もベッドの上で体をねじる。

何かの予感を孕《はら》んだ沈黙が二十秒ほどつづいたあと、ふいにまた光が夜空を流れていく。

目を凝らせば、オレンジ色の発光体が旋回しているのだった。

「あれってもしかして——」

「ＵＦＯ！　先生、ＵＦＯだよ！」

「やっぱりそう？　ごめん！　寒いけど、窓あけるよ」

世依子は夢中でロックを解除して、窓をあける。どこかで「クァラララララ」と甲高い鳴き声がしたが、世依子も舞依子も五感のすべてが夜空に向いていたため、聞き逃した。

「先生、あそこ」と舞依子が指差した方向に、光が見える。

飛行機とは明らかに違う複雑な軌跡を描き、発光体は浮遊していた。

「先生、あれ、ＵＦＯだよね？　火球じゃないよね？」

「う、うーん、まあ——あんな動きをするのは、火球でないことはたしか」

「見ちゃった。見ちゃった、わたし。ついにＵＦＯを見ちゃった」

うわごとのようにつぶやいている舞依子の横顔を見て、ふと気づいたことがある。世依子は身を乗り出した。

「そうだよ、舞依子さん！　あなた、ＵＦＯを見たんだよ。ＵＦＯは〝遠すぎるモノ〟なんかじゃなかった」

「あ——」

「それにね、言い忘れてたけど、私、今日〝電車に乗るペンギン〟も見たよ」

「ええっ。本当に？」

「うん、本当に。都市伝説じゃなくて」

世依子はスマホを取り出し、ホームで撮ったペンギンの写真を見せる。舞依子はスマホをにぎりしめ「かわいい」と言ったきり言葉をなくした。

「舞依子さんが落とし物をした路線は、そういうペンギンが実際にいるから〝ペンギン鉄道〟って呼ばれているんですって。なくしもの係の職員さんが教えてくれたわ」

「そうなんだ。乗ってみたいなあ。ペンギンと同じ電車に乗ってみたいです、わたし」

「うん。乗ろう。舞依子さんがちゃんと退院してから、いっしょに乗りに行きましょう」

「退院して――いいですね。あ、そのときまで、なくしもの係に鍵を預かってもらっても、だいじょうぶですか？」

世依子はうなずき、舞依子の肩にそっと手を置く。

「だいじょうぶよ。舞依子さんが未来を決めるまで、ちゃんと預かってくれる。大和北旅客鉄道のなくしもの係は、きっとそういうところよ」

舞依子の頬の血色は、世依子が病室に入ってきたときより格段によくなっていた。希望の色だと、世依子は思う。

「先生、ありがとう。もうだいじょうぶです。電車に乗るペンギンに会うこと、それから自分の健康と自由――どれも諦めませんから、わたし」

舞依子の口調は相変わらず夢見る少女のようだったが、その肩から伝わってくる熱が変化したのを、世依子は掌で感じる。患者の体に毎日触れている医師だからこそわかる、生命力の再生だった。

そんな舞依子の発する熱が、世依子をあたためてくれる。静かな誓いの言葉が湧いてきた。

「私も諦めない――誰かを助けることを、絶対に諦めない」

窓の向こうにはもうＵＦＯの姿はなく、いつもの夜空が広がっている。世依子はその暗がりに不思議なあたたかみを感じ、ふと妹の舞依子が笑ってくれている気がした。

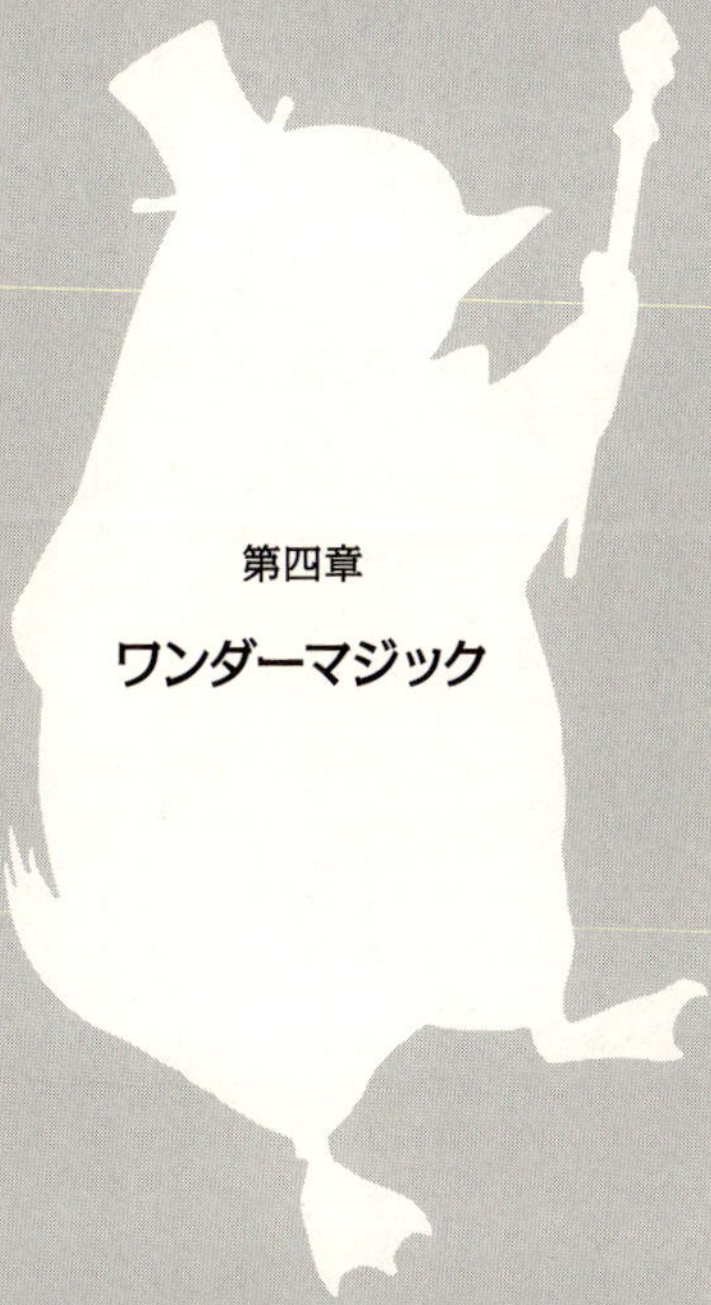

第四章

ワンダーマジック

「寒ぃな、クソッ」

思わず声が出た。隣に立って新聞を読んでいた中年男性が、さりげなく距離を取る。そもそもハルカムが乗車列に並んだ時点で、この男性はぎょっとしたように頭部を凝視してきた。

——ビビってんじゃねぇよ。

ハルカムは睡眠不足と寒さがあいまってみるみる不機嫌になっていくのを自覚しつつ、真ん中の髪を残して刈り上げたモヒカン頭をガシガシ擦《こす》った。側面にはあえて剃り残した髪でドクロマークを描いてもらっている。この髪型にサングラスにパンクファッションという外見が、ハルカムを周囲に溶け込みづらくさせていることは、本人が一番わかっていた。

ハルカムは隣の男性が顔を隠すように広げた新聞を読むともなしに眺める。サングラスをかけているため薄暗い視界の中に、二月十五日という日付が飛び込んできた。昨日はバレンタインデーだったのかと、今さら気づく。

——バレンタインデーに結婚式を挙げるなんて、ずいぶんロマンチックな新郎新婦だよ。

ハルカムは寒さに歯を鳴らしながら、昨日のクライアントの顔を思い出す。

北関東の小さな町にあるホテルで催された披露宴では、ハルカムの師匠である南北斎天朝《なんぼくさいてんちょう》のマジックのあとに、高校教師を生業としている新婦の教え子達がサプライズでぞろぞろ登場し、アカペラを聴かせ、場の喝采をごっそりさらっていった。何でも生徒総数三千人超えのマンモス高校らしく、それはもう、ものすごい迫力のアカペラだったのだ。この道五十年、もうじき七十に手が届く師匠の、古式ゆかしいおしゃべりマジックが敵う相手ではなかった。

――師匠を前座扱いしやがって！　てめぇのロマンチック演出にばかり気を取られてんじゃねぇよ、バカップルが。

気づかぬうちに、また舌打ちしていたらしい。隣の男性がさらに一歩分、離れていった。

――ハルカム、おまえの怒りは一体どこから来てんだ？　その怒りを鎮めねぇことには、マジックの腕も上がらねぇぞ。

入門して五年。師匠からは、怒りの沸点が低いことをずっと注意されている。

師匠がせっかく考えてくれた芸名〝南北斎天平《てんぺい》〟を「嫌っす」と一蹴し、自分で思いついた〝ハルカム〟を名乗ったときも、南北斎一門に伝わってきた日本古来の手品〝手妻〟を覚えないうちから、海外のマジシャンを参考にしたマジックをはじめたときも、モヒカン頭でステージに上がったときも、寄席より路上でパフォーマンスがしたいと直訴したときも、「ホトケの天朝」と芸人仲間から称される師匠は、破門宣告はおろか叱責一つ口にしなかった。そんな寛容と放任の間をいったりきたりしている師匠が、ハルカムの〝怒り〟に関してだけは、折に触れて根気強く注意してくる。が、いまだ直っていなかった。

待ちこがれた電車がホームに入ってくる。ハルカムはあくびを一つした。ふだんならまだ寝ている時間だ。電車のドアがひらくと、並んでいた乗客達がいっせいに動きだす。それぞれが見つけた空席に向かうものだから、あちこちから不自然な力が加わり、不快なことこの上ない。ラッシュの電車に乗らなくてすむ仕事に就いたはずだったが、今朝はどうしても避けられなかった。

「海狭間駅――終点、と」

電車のドアの上に貼られた路線図を指さし確認して、ハルカムはあらためて車内を見渡す。長身の部類に入るため、たいてい集団の中で頭一つ分突き出る。乗客のひしめき合うラッシュの車内でも、眺めだけはよかった。

乗客の大半は男性だ。スーツ姿は少なく、ほとんどの者がカジュアルな格好をしていた。ほどなくして、その理由がわかる。車窓に工場街が映りはじめたのだ。この路線は、工場に勤める人達の通勤電車らしい。果たして、駅に停車するたび乗客の数が減っていった。

そしてあれほど混雑していた車内が、乗客のほとんどが座れている状態まで空いた頃、ようやく車内アナウンスが終点、海狭間駅への到着を告げる。透明なガラスがはまったドアの先には、コンビナートと銀色の海が見えた。波の白さが寒々しい。

「世界の終点って感じだな」

ゆるやかに速度を落としていく電車の揺れに身をまかせつつ、ハルカムはつぶやいた。


ハルカムのあとから降りてきた乗客達は、一目散に改札を抜けていく。

彼らが向かう先には、大きな通用門があった。門の向こうには、ミントグリーンの平たい屋根が連なる工場が見えている。

通用門の前で、強面《こわもて》の警備員が仁王立ちで工場員達を迎えていた。ハルカムと同じくらい背が高そうだが、モジャモジャパーマのせいで頭がやけに大きくなり、スタイルはあまりよくない。サングラス越しかつ駅の中から工場の通用門までだいぶ距離があるのに、警備員はハルカムの視線に敏感に気づき、ぎろりと睨み返してきた。おっかない目つきだな、とハルカムは自分のことを棚に上げて辟易する。

サングラスの縁を持ってさりげなく警備員の視線から逃れたとたん、壁だとばかり思っていたところががらりと横にひらいた。中から、赤毛の鉄道職員がゴミ袋を抱えて現れる。

その赤い頭と顔はハルカムの目線のだいぶ下にあったが、すぐ目の前に迫ってくるように感じた。鉄道職員のグレーのジャケットの胸についた『守保』という名札を見て、思わず後ずさる。

　守保の方もハルカムの出現に驚いたようで、「あ」と小さな声をあげた。

「おはようございます。大和北旅客鉄道波浜線遺失物保管所にご用でしょうか？」

　ハルカムが無言でうなずくと、守保はもう一度「あ」とつぶやく。その視線は、手元のゴミ袋に落ちていた。

「えっと、まずはお入りください。暖房をつけたばかりであたたまっていないと思いますが、どうぞ。私はあの、えっと、これをいったん――えへへ、失礼します」

　ゴミ袋を持ったまま、ごそごそ部屋へ後戻りしかける。ハルカムはサングラスの縁を持ち、男性にしては高いと言われることが多い声を、なるべく低く出した。

「ちょい待ち。ゴミ捨てに行こうとしてたんじゃねぇの？」

「あ、はい、そうなんですけど――」

「行ってきな。俺は中で待ってっから」

「いいんですか？」

「いいよ。すぐでしょ？　電車乗ってゴミ捨てにいくわけじゃないっすよね？」

　ハルカムはゴミ袋からにおってくる生臭さに顔をしかめながら、しっしっと手を払う。守保はフニャッと口角を上げて人懐こく笑い、頭を下げた。赤い髪がさらさらと揺れた。

「ありがとうございます。では、少々お待ちください」

守保が改札の脇の柵をあけて外に出ていくのを見送り、ハルカムは大きく息をつく。

──ああ、驚いた。マジびびった。何でよりによってアイツがいるんだよ？

ふと視線を感じて顔を上げると、先ほどのモジャモジャパーマの警備員がまだこちらを見ている。ハルカムはあわてて姿勢を正し、警備員の視線から逃れるべく遺失物保管所の部屋へと飛び込んだ。

部屋の横幅いっぱいに作られたカウンターの前に立つ。『なくしもの係』と書かれた緑色のプレートが天井からつりさがっているのが目についた。おそらくヤツの手作りだろう。ハルカムはプレートを睨みつけ、大急ぎで深呼吸を三回する。鼓動はだいぶ平常通りに戻ってきていた。マジックのステージに立つことを思えば、こんなことは何でもない。そう自分に暗示をかけて待つ。

ほどなく守保が戻ってきた。「お待たせしました」とのんびり言うと、カウンターの端の天板を持ち上げて、向こう側にまわる。そして、笑顔のままハルカムの前に立った。

「それで、ええと、お探しのものは何でしょう？」

「イギリスの国旗が描かれたトートバッグ。昨日、大和北旅客鉄道城京《じょうきょう》本線の網棚に置き忘れたんだ。お客様相談センターに問い合わせたら、ここに届いてるって聞いたんで」

「ユニオンジャックのトートバッグ——よろしければ、差し支えのない範囲でカバンの中身を教えていただけますか？」

「和傘が六本ほど入ってたはずだ」

「わがさ？」

「竹の骨組みに防水した和紙が貼られた傘だよ。閉じた状態で全長六十センチ。広げると直径八十センチほどになる。一本ずつ色が違って、臙脂《えんじ》、菖蒲《しょうぶ》、露草、あとは——若草、山吹、枯茶《からちゃ》。模様はどれも白の渦巻きだ」

声が高くなりすぎないよう意識しつつ、ハルカムは必要最低限の説明をした。守保はカウンターの上でメモを取り、何度もうなずく。

「詳しい説明をありがとうございます。よくわかりました。それらが入ったトートバッグはたしかに届いてます。城京本線は関東平野を南北に突っ切る路線ゆえ、忘れ物がはるか彼方の駅のなくしもの係に保管されちゃうんですよね」

そのやわらかく親しげな物言いに、ハルカムはつい口を滑らせてしまった。

「そうだよ。おかげでこっちは早起きして東京からわざわざ——」

「東京にお住まいなんですね」

何気ない相槌だったが、ハルカムはぎくりと口をつぐみ、話題を変える。

「届いてるなら、持ってきてもらえます？　傘が壊れてないか確認したい」

和傘はすべて師匠のマジック道具だ。網棚にうっかり置き忘れたなんて、口が裂けても師匠には言えない。言いたくない。師匠は本日休みで、明日は都内の老人ホームが企画したマジックショーに出向く予定だ。そしてハルカムはここでも助手役を務める。和傘を使うかどうかは現場の空気次第らしいが、ハルカムとしては何としてでも今日のうちに忘れ物を回収し、何食わぬ顔で持っていきたかった。

そそくさとロッカーに向かった守保が、ユニオンジャックのトートバッグを抱えて戻ってくる。間違いなく、ハルカムのバッグだった。「それだよ、それ！」とカウンターに身を乗り出したハルカムに、守保は赤い髪を揺らして首をかしげる。

「中に、和傘以外の物も入ってますが」

「え？　ああ、文庫本だろ？　電車の待ち時間を潰すために師匠と喫茶店に入ったら、そこ、喫茶店付きの駅ナカ書店だったんだよ。そしたら師匠が〝うまいコーヒーのお礼に一冊、本を買おう。この弟子のために何か見繕ってやって〟なんて余計なこと言いだして、ほわんとした女の店長が熱心に選んでくれた本だ。帰りの電車で読もうと思ったけど、寝ちまって
——何？　本のタイトルまで言わないと、俺の荷物だって信じねぇの？」

「いえ。そんなことは」

「たしかピエロ――そう、『重力ピエロ』だ！　な？　あってんだろ？　俺の荷物だよ、それ」

　カウンターに置かれたトートバッグを奪うようにして抱え、ハルカムはさっそく中の物を取り出した。六本の和傘を順番にひらいては、中の骨組みや貼られた和紙に傷みがないかじっくりたしかめる。すると、黙って見守っていた守保が遠慮深げに声をかけてきた。

「サングラスを取った方が、見やすいのでは？」

「――人相が悪いんで。特に目つきが凶悪らしいっす」

　あながち嘘ではない。いつぞや幼稚園でマジックショーをしたとき、ハルカムの三白眼で睨まれ（睨んだつもりはなかったのだが）、泣いてしまった園児がいた。以来、「サングラスは七難隠す」という師匠の言葉に従ってかけている。

　鮮やかに開閉できるかどうかの動作確認も忘れずにして、ハルカムはほっと息をついた。

　和傘をトートバッグに戻し、「どうも」と持って帰ろうとしたところ、思いがけず強い力で引き戻される。見れば、トートバッグの片方の持ち手を、守保がしっかりつかんでいた。

「ちょっとお待ちください。なくし物を受け取る際、受領証に本人か代理人様の氏名の記入と捺印をもらう決まりなんです。あと、身分証明書のご提示もお願いしております」

「何で？」

食ってかかった拍子に、声が地声の高さになってしまう。ハルカムはあわてて声と感情をクールダウンさせた。

「さっきいっしょに中身を確認したでしょ？　俺、文庫本のタイトルまで当てたよね？」

「はい」

「だったら、これ、俺の荷物だってわかるだろ」

「九十九パーセントは。残り一パーセント、まったく同じ落とし物が同時にあって、取り違えたまま渡してしまったケースも過去にはあります。万が一のときのために、お名前やご住所といった連絡先を教えていただきたいのです。個人情報の取り扱いには十分気をつけます。悪用も致しません」

守保はハルカムの外見にも乱暴な口調にも恐れる様子はなく、おだやかな口調を崩さない。やさしく、しなやかで、何に対しても自然体だ。

――俺とは正反対に。

ハルカムは気圧された顔を隠すように、サングラスを押し上げた。

「断る。俺にも事情があるんだ。他のことなら何でもするから、頼むよ。何とか引き渡してくれ」

「事情――」

守保はサングラスの奥のハルカムの目を見通すような眼差しになる。長い前髪から覗く瞳はつぶらだが深い色をしており、他人の言動をありのままに受け止める度量を感じさせた。

二人の間を沈黙が流れるなか、ノックの音が響く。守保が返事をする前に、引き戸はするすると横に滑った。

現れたのは、さっき改札の向こうの通用門に立っていた警備員だ。間近で見ると、モジャモジャパーマの迫力がすごい。目つきの凶悪さも、ハルカムが町の不良レベルだとしたら、こっちはプロの殺し屋レベルだろう。

警備員は真っ黒な紙袋を守保に恭しく差し出した。ヤバい凶器でも入っているんじゃないかとハルカムはおののいたが、中から覗いたのはつやつやとした形のいいみかんだった。

「これ、郷里の母が段ボール箱いっぱいに送ってきて——おすそわけです」

「わあ。ありがとうございます」

「母いわく、みかんはよく揉むとより甘くなるらしいです」

警備員はそう言って紙袋を守保に渡したあと、ごつごつと骨張った大きな手でおむすびを握るような仕草をしてみせる。「本当かよ」と思わずつぶやいたハルカムを鋭い眼光で射貫き、またすぐ守保に視線を戻した。

「ところで、見つかりました？」

「あ、いや、あの、門賀《もんが》さん、ちょっと今は――」

守保はちらりとハルカムを見て、わかりやすくあたふたした。門賀と呼ばれた警備員を申しわけなさそうに両手で押しとどめようとするも、門賀はびくともせず、一歩前進して言葉をつづける。

「私も朝一番に工場の敷地内を隈なく探してみましたけど、手がかりなしです」

「そうですか。朝早くから、わざわざありがとうございます」

「心配ですね。こんなこと、はじめてだから」

唇をむんとひん曲げて、門賀は腕組みした。ハルカムのことは完全に無視だ。我慢の限界があっという間にきて、ハルカムは「よぅ」と守保に声をかける。

「何？　あんたも何かなくしたんすか？」

門賀が唇を曲げたままじろりと睨んできたが、ハルカムはサングラスを押し上げ、胸をそらした。

「なっ。だったら、こうしない？　俺があんたのなくしものを見つけて無条件で引き渡す。あんたは俺のなくしものを同様に無条件で返してくれる。どう？　イーブンじゃね？」

「そんな、とんでもない」

守保はそう言って胸の前で両手を振ったが、門賀がハルカムの前にぐいと顔を突き出す。

「守保さんのなくしものが何か、知ってて言ってます？」

「知らねぇよ。でも見つける」

「男に二言なしですよ」

殺し屋の一瞥に、ハルカムは身震いしつつ「ああ」と大きくうなずいた。

守保はそれでもまだためらっていたが、門賀が説得してくれる。

「守保さん。一刻も早く見つけたいでしょう？　だけど、私も守保さんもあいにく一日中仕事で海狭間から動けない。ここは一つ、どんな小狡《こずる》い条件ものむしかありませんよ」

「おい。俺は小狡い条件なんか出してねぇわ。イーブンだって言ってんだろ」

ハルカムは門賀に言い返し、守保に向き直った。

「交渉成立でいいよな？　なっ？」

「――はい」

「よし。で、なくしものってのは？」

「ペンギンです」

「ペンギンの何？　ぬいぐるみ？　貯金箱？　ノート？　スマホケース？　あ、傘か？」

「いえ。ペンギンそのものです」

守保の赤い髪が揺れ、つぶらな瞳がハルカムをサングラスの上から貫く。ハルカムは思わずむせた。

「そのものって──生き物の？　飛べない鳥のペンギン？」

「そうです」

大真面目にうなずく守保の顔から視線をはずし、ハルカムは部屋の中をゆっくり見回す。

PC机、カウンター、天井から下がった緑のプレート。そうだ。ここは駅の『なくしもの係』だ。動物園ではない。

「──あんたのペットを探せってこと？」

「いえ。お世話はしていますが、私の所有物ではありません。駅で預かっているんです。なくしものとして」

「ちょ、ちょっとタンマ。一回整理させて。えーと──なくしもの係で預かっていた、なくしもののペンギンがいなくなって、なくしものがさらになくしものになっちゃった──と？

ダメだ。早口言葉にしか聞こえねぇ！」

ハルカムがモヒカンを掻きむしると、門賀が冷静に口を挟んだ。

「猫の駅長がいる駅もあるくらいだから、ペンギンを世話する駅があっても不自然ではないでしょう？　そのペンギンが迷子ってだけの話です」

「あ、なるほど。要は迷子ペンギンね」

ことんと音がするほど腑に落ちて、ハルカムは手を叩く。一方、守保は眉を八の字にして寄せ、顔を曇らせた。

「もともと、好きなときに好きなように電車に乗って出かけるペンギンではありましたが、昨日の終電まで待っても帰ってきませんでした。こんなことは、はじめてです。心配になって門賀さんに協力を頼み、私自身も今朝は出勤前にめぼしい駅を探してきましたが、見つけられませんでした」

「家を出て、どっかに旅立ったんじゃね？」

ハルカムの言葉に、守保は頰をはられたような顔になる。ぐっと下唇を嚙み、首を何度も横に振った。

「そんなわけない。そんなはずないです。そんなの困ります。突然いなくなるなんて――」

今にも泣きだしそうな守保をかばうように、門賀が前に出る。

「ペンギン探しをやるんですか？　やらないんですか？」

「やるよ！　やりゃあいいんだろ。やってやらあ」

最後は売り言葉に買い言葉のような会話になってしまったが、ともかく交渉は成立した。

ハルカムは守保にこのあたりの駅が網羅されている路線図を貸してほしいと申し出た。

守保はいくつかのロッカーの扉をひらき、ハルカムの要望したものを探していたが、やがて一枚の大きな路線図を持ってくる。

「これをお使いください。差し上げますので」

「いいのか？」

「まだ予備がありますので」

ハルカムはその言葉を聞いて、ペンギンの立ち寄りそうな駅名や目撃情報、駅や電車内で見られるふだんの行動、さらにはペンギンの種類や外見的特徴まで、守保からもらった情報を路線図に直接書き込んだ。

虎の巻となった路線図を、斜めがけした古い帆布バッグに放り込んだハルカムに、守保は漢字と数字の書かれたメモを渡してくれる。

「私の名前と携帯番号です。何かあれば、すぐにご連絡ください」

「あ、ども」

ハルカムが無造作にポケットにしまうと、守保は小さな声で付け足す。

「何もなくても、連絡してください、よかったら」

門賀が何か言いたげに守保を見たが、結局「じゃ、私は仕事に戻ります」と断って、ひと足先に部屋を出ていった。

とたんに気まずくなり、ハルカムはあわてて言葉を探す。

「そうだ。他にもなくしものがあったら言ってくれ。ついでに探せそうだったら探すから」

「他のなくしもの——ですか？」

守保は音がしそうなまばたきをしながら考えていたが、ふわっと息をつく。

「もう一つ、あるにはありますけど、それはまたのちほど」

「ん。まずはペンギン探しだよな。わかった。俺のなくしもの、ちゃんと預かっといてくれよ」

「承知しました。では、いってらっしゃい。ペンギンをよろしくお願いします」

守保の言葉と笑顔でふわりと空気がゆるむ。その空気を心地よく感じかけている自分を否定したくて、ハルカムはことさら荒々しい足音を立てて遺失物保管所をあとにした。

＊

ペンギンがよく目撃される駅として守保があげた駅の一つ——油盥駅に降り立ってみる。

ホームがいくつかあり、いろいろな路線が乗り入れている大きめの駅だった。

——まずは、目撃者探しだろ。

ハルカムはより人がたくさんいるホームに移動する。はりきって聞き込みを開始したのはいいが、ハルカムの外見を見て、たいがいの乗客は彼が近づく前にさりげなく逃げてしまった。一向に成果が上がらないまま、寒さといらいらが増していく。ライダースジャケットは一応本革だが、中に着たスウェットはぺらぺらの古着だから、寒風が染み込んでしまうのだ。

「クソッ。次に見つけたやつは、絶対逃がさねぇぞ」

強風にたまらず痩身を翻したとき、乗車列から少しはずれた場所でまっすぐに立つ女子高生が目に入った。おかっぱ頭にピンクのマフラーをぐるぐる巻きにしている姿に色気はあまりなく、制服の着こなしはちょうどいい具合に真面目そうだ。

――こういう客はたいてい律儀なんだ。俺のマジックを最後まで見てくれるし、チップもくれる。途中で逃げられねぇもんだから。

路上パフォーマンスの経験をたよりに狙いを定め、ハルカムは女子高生に近づいた。

声をかけ、ペンギンのことを尋ねると、ついさっき電車の中で見たという返事がきた。ハルカムはこの貴重な情報源を逃しちゃならないと、とっさに女子高生の腕をつかむ。

ペンギンが乗っていた電車の車両まで連れていってほしいと粘るハルカムに、女子高生は困惑と恐怖の色を示し、つかまれた腕を解こうともがいた。勢い余った女子高生の手が、ハルカムの頰に当たる。その衝撃でサングラスは吹っ飛んでつるが折れ、ハルカム自身もよろめいた。おまけに帆布バッグの口までひらいて、手錠、黒い目隠し、長さの違う何本もの口ープといったマジックの道具がばらばらとホームにこぼれてしまう。女子高生が涙目になって息をのむ音が、はっきり伝わってきた。プラスチックのつるがぽっきり折れたサングラスを乱暴にバッグに突っ込みながら、ハルカムは憤慨する。

――おいおい。サングラスぶっ壊されて、ビンタされて、泣きたいのはこっちだっつうの。

そのとき、女子高生に「四方さん」と呼びかける男子高校生がいた。彼女を背中で守って、ハルカムの前に立ちふさがる。色白だが、肩幅の広い健康的な体格の少年だった。四方さんは彼を「植園くん」と呼んだ。

植園くんは「俺ら、大事な用があるんで」と四方さんを急き立て、ハルカムの元から連れ去ってしまう。

てっきりカレシがカノジョを助けに現れたのかと思ったが、植園くんは四方さんの「弟です」と言った。苗字が違うし、おそらく血のつながりはないのだろう。それでも、姉弟は姉弟なのだ。姉を守った誇らしさが滲む植園くんの背中を、ハルカムは怒りも忘れてぼんやり見送ってしまった。

一人になって我に返り、ハルカムは四方さんがペンギンを見かけたという電車にあわてて飛び乗る。そのまま乗客達の間を縫って、長い車両を先頭から最後尾まで二往復してみたが、ペンギンは見つからなかった。

三往復目に挑むかどうか、中吊り広告を見るともなしに眺めながら考えていると、電車は美宿駅に停まった。比較的大きな駅のため、たくさんの乗客が降りていく。

ハルカムは車窓に視線を移し、外のホームにあふれた人々を見つめていたが、その目の焦点がふいに定まる。降車した乗客達の足元をくぐるようにして、ぺたぺた歩いていくペンギンを捉えたからだ。

白い胸をそらし、えっちらおっちら左右に体を振っている様は、健気という言葉がしっくりくる。風が吹いたり、足がもつれて転びそうになったりすると、翼をふわりとあげてバランスを取る。小さな頭に白いカチューシャのような筋が入っている——どれも、守保から聞いた通りの特徴や外見だった。

ハルカムは三白眼をみひらいて窓にへばりつく。

「おい、待て、ペンギン」

その声が届いたわけではないだろうが、ペンギンは足を止め、くちばしを空に向かってひらいた。

「クァララ、ララララララ」

乗降のためにひらいているドアから、想像していたより大きな声が聞こえる。その鳴き声に、発車メロディが重なった。ハルカムはあわてて少し離れたドアへと向かうも、すでに少なくない数の乗客が乗り込んできており、その波に逆流するのはたやすくない。

「あ、すんません。ちょっと、降りま——」

ハルカムが叫ぶ前に、電車の外から、ピーッと高らかな笛の音が響いてくる。ホームに立つ駅員による乗降完了の合図だ。ハルカムの目の前で、電車のドアがゆっくりしまった。

ハルカムは頭を抱える。「クソッ」と叫ぶのを懸命にこらえたせいか、ぐぬぬと変な呻き声が出てしまった。


隣の駅で引き返しふたたび美宿駅に降り立ったハルカムが、みしゅく水族館を目指したのは、守保のくれたペンギンの目撃情報に賭けたからだ。

——美宿駅では、改札を出て水族館まで歩くこともあるみたいです。

そう聞いたときは、「ペンギンが水族館にイルカショーを見にいくんすか？　コントかよ」と笑ったものだが、今は藁にもすがる思いだった。

途中、歩行者に道を聞きながら、何とか辿り着く。〝みしゅく水族館〟と書かれた看板の脇に、擬人化されたイルカが描かれていた。「ようこそ！」という友好的なフキダシに「別に来たくて来たわけじゃねぇし」と反発したのは、ハルカムの心がささくれ立っているからに他ならない。

　平日だが、水族館は家族連れや遠足らしき小学生の集団などで賑わっていた。小学生男子の中には、水槽を覗き込むのに飽きて、こっそり友達同士で鬼ごっこをしている者もいる。不意に柱の陰から飛び出してくる彼らを華麗に避けつつ、ハルカムはライトアップされた水槽の中ではなく、鑑賞中の人間の足元やフロアの隅などの暗がりに目を凝らした。

　天井すれすれまである巨大な水槽にはイワシ、サメ、ヒラメ、カメなど様々な海洋生物がいっしょに泳いでいる。鑑賞中の人間は、自分達の頭上を行ったり来たりする彼らに夢中だ。海洋生物達の真下という珍しいアングルからさらによく観察できるよう、水槽の形を工夫し、海中トンネルのようなエスカレーターが作られていた。

　一階、二階とめぼしい収穫は得られず、三階に来る。もうじきイルカ・アシカショーがはじまるせいか屋上に急ぐ者達が多く、二階、三階のフロアはほとんど無人状態だった。

　ハルカムは早足でフロアを横切りかけ、ふと足を止める。

　奥の方から「クアララララ」という声が聞こえてきたからだ。それは美宿駅のホームで聞いたペンギンの鳴き声とよく似ていた。

「こっちか！」

　ハルカムはその鳴き声を頼りに、薄暗いフロアをやみくもに駆けてゆく。

やがて見えてきたガラス張りの飼育室の前で、ハルカムは呆然と立ち尽くした。

飼育室の中に、ペンギン達が折り重なるようにしてぎちぎちに詰まっていたからだ。ペンギンコーナーに来てしまったらしい。あのペンギンがもしこの集団の中に紛れてしまったのなら、お手上げだ。ハルカムは唇を噛んだ。

背後で物音がする。目つきを険しくして振り向けば、男子小学生二人組が目をまん丸にして、ハルカムを見つめていた。顔つきや体格の違いはあれど、その表情はまったく同じだ。さっき油盥駅のホームで声をかけた高校生の姉弟とは違って、血のつながりがある兄弟だろうなとすぐに察しがついた。

ハルカムは肩を上下させつつ、その兄弟に大股で近づく。

「なあ。この辺でペンギン見なかった？」

痩身をカモフラ柄のロングパーカで包んだ顎の細い男の子から「見てません」と、キャップをかぶった賢そうな男の子から「見ました」と、同時に反対の答えがきた。兄か弟どちらかが嘘をついているらしい。つまりどちらかがハルカムを怪しんでいる。

ハルカムはみるみる不機嫌になり、顔を歪めた。帆布バッグの膨らみを叩く。

「困ってる人に、嘘をつくのはよくねぇなあ」

結局、「見ました」と答えたキャップの男の子の方が、カモフラパーカの男の子を背で隠すようにして、ペンギンが歩いていった方向を教えてくれた。こいつが兄ちゃんなんだろうな、とハルカムは思う。親指を突き立て、きびすを返す。

「サンキュー。邪魔したなっ。そっちの嘘つき坊主も一応サンキュー」

後ろで兄弟が何か騒いでいたが、ハルカムは気にせず走りつづけた。


キャップの男の子が示してくれた方角へ進んでいくと、展示スペースから離れ、〝関係者以外立入禁止〟の注意書きが出ているエリアになった。ハルカムはきちんとその日本語を読んだし、理解もしたが、迷いなく無視する。

スイングドアを押しあけると、細い廊下が延びていた。バックヤードにつながっているらしい。床は展示スペースのようなカーペットではなく、つるつるしたビニール素材となる。照明はさらに暗くなり、天井は低く、道幅は狭くなった。人の気配はないが、機械のモーター音やペンギンらしき複数の鳴き声がひっきりなしに響いてくる。生臭いにおいもきつい。ハルカムは息を詰めて足音を立てぬよう気をつけながら、できるだけ早足で進んだ。

やがてここの暗さに目が馴染むと、五十メートルほど前方にペンギンのこんもりとした背中が見えてきた。頭にはカチューシャのような白い筋がある。それこそが、ジェンツーペンギンの一番わかりやすい特徴だと守保が教えてくれていた。つまり、目の前を歩いてゆくのは、海狭間駅で暮らすペンギンでほぼ間違いないはずだ。

――あわてるな。あわてるな、俺。脅かさないように、そーっといくぞ。

ハルカムはすぐ気が急いてしまう自分に言い聞かす。足音を忍ばせつつ、大股になった。

一方、ペンギンは追跡者に気づいているのかいないのか、一心不乱に行進をつづけている。肉厚な足でぺたぺた床を打つたび、小さな頭が左右に揺れ、その揺れが体に伝わって大きくなると、翼をふわりと浮かせてバランスを取った。

あと少しのところまで近づき、ハルカムが腕を伸ばしたとき、ふいに声がする。

「何だ？　また来たのか？」

低くて渋い声だ。一瞬ペンギンが喋ったのかと思って、ハルカムは腰を抜かしかけたが、床に延びた人影が目に入り、あわてて廊下の隅に積み上がっていた段ボール箱の後ろに隠れた。

間一髪の差で現れたのは、青いつなぎを着た男性飼育員だ。髪も髭もたっぷり蓄えられ、たった今、ジャングルから生還したと言われても信じてしまいそうな容貌をしている。その容貌にふさわしい低音の声が、心地よく響いた。

「餌はもうたらふく食べただろ？」

どうやらペンギンに話しかけているらしい。ペンギンはといえば、頭をかたむけ、翼をひくひく動かしている。警戒している様子はまったくない。

——顔見知りか？　友達か？　それとも、アイツはもともと水族館のペンギンなのか？

ハルカムが段ボール箱の後ろで息をひそめてなりゆきを見守っていると、いきなりペンギンがよっちよっちと体を左右に揺らして後ろを向いた。そのままぺたぺたと一直線に廊下を引き返してくる。

「お？　どうした？　もう行くのか？」

飼育員が声をかけるも、ペンギンは振り返らない。ハルカムが息をひそめて隠れる段ボール箱の脇を通るときだけ、ちらりと横目でハルカムを見た。たしかに見ていた。動きたくても動けないハルカムを見るその顔が、得意げかつ愉快そうだったのは気のせいだろうか？

——間違いない。コイツは駅のペンギンだ。

ハルカムは悟る。一方、男性飼育員は不思議そうにつぶやいた。

「何しに来たんだ、一体？」

どうやらペンギンを見送ってやっているらしい。そんな目があるなか、段ボール箱の後ろから飛び出してペンギンを追いかけるわけにもいかず、ハルカムは歯噛みした。

ペンギンがスイングドアを頭突きであけてふたたび展示スペースに出ていき、ハルカムの視界から悠々と消え失せてからも、飼育員はその場を去らなかった。掃除機をかける音が聞こえてくる。ハルカムは焦りと苛立ちでこめかみの血管が切れそうになりながら、身じろぎ一つせず隠れつづけた。

ようやく飼育員が立ち去り、ハルカムが廊下を引き返せたときには、ペンギンがいなくなってからゆうに三十分は経っていた。飼育員に最後まで見つからずにすんだのはよかったが、ペンギンを見失ったのは痛い。ハルカムは再会できることを祈りつつ、足を速めた。


一階から屋上まで、建物の中を走り回ってみたが見当たらない。ハルカムは迷いながらも外に出てみた。みしゅく水族館の敷地は広い。ふれあいパークと呼ばれる広場の方からおいしそうなにおいがしてきたので、そちらへ足を向けてみる。守保いわく「無類の食いしん坊」のペンギンも、においにつられる気がしたからだ。果たして、広場へとつづく下り坂の途中で、脇の植え込みからペンギンがひょっこり姿を現した。

「いた！」

思わず声をあげてしまったが、周囲の視線もあって、今ここでタックルするわけにもいかない。そもそもどうやって捕獲するかをまったく考えていなかったことに、ここで気づく。

「むやみと触っちゃいけないって、アイツが言ってたよな」

ハルカムは途方に暮れて、帆布バッグの中から白いロープを取り出す。

「これで輪っかを作って、胴体に通して、犬の散歩みてぇに引っ張るっつーのは——やっぱり虐待かな？」

ハルカムの独り言が聞こえたわけではないだろうが、不穏な空気は察知したに違いない。よっちよっちと歩いていたペンギンが、翼をふわっと浮かし、走りだした。ぺたたたたたーっと足音が小刻みになる。

「あ、ちょっと待てって——」

ハルカムも懸命にダッシュした。言葉が通じないとわかっていても、尋ねてしまう。

「おい。何で帰ってやらない？　海狭間駅のなくしもの係が、おまえの家なんだろ？」

前を行くペンギンの尾がぴんとそそり立ったかと思うと、いきなり白っぽい液体が発射された。糞尿だ。もう少しで正面から浴びそうになって、ハルカムはあわててよける。苦笑いが漏れた。「おまえにだけは言われたくない」と、ペンギンに言われた気がしたからだ。

ペンギンはハルカムの予想に反して広場を迂回し、水族館の出口へと向かっていった。

そのとき、どこからか「お兄ちゃん、走って！」と甲高い声が聞こえてくる。その切迫した調子が気になり、ハルカムは走りながら視線をペンギンからはずし、辺りを見回した。

黒いジャンパーとその下に着たカモフラ柄のロングパーカを風に翻しながら、一人の男の子が細くて長い足をフル回転させて円形広場を駆け抜けてくる。子鹿のように走りながら、何度も振り向き、「お兄ちゃん」と叫んだ。さっきの兄弟の――ハルカムが予想した通りなら――弟の方だ。

視線を巡らすと、弟からずいぶん遅れて広場の手前を、キャップをかぶった兄がやはり走っていた。その走り方は弟とは全然違って、溺れかけの山羊に見える。手足をひたすらばたつかせているが、空気はまるで掻けておらず、動きも――おそらく本人がイメージしているより――ずいぶんのろい。

ちょうど昼ごはんの時間ということもあり、広場の其処此処《そこここ》では弁当や広場に出ている屋台のメニューを頬ばる光景が見られ、のんびりした空気が流れていた。それゆえ兄弟が全身から放つ緊張感は異質で、広場にいる人々からもいぶかしげな視線が送られている。

ハルカムは兄の後ろから追ってくる制服姿の警備員の姿を認め、兄弟が何かしくじったのだろうと事態をおおまかに察した。

――間抜けな兄弟め。

ハルカムはふたたびペンギンに視線を戻して追いかけようとしたが、視界の隅で兄が転ぶと、とっさに弟の方を見てしまう。

予想通り、弟は振り返らなかった。足も止めない。しかしハルカムには遠目ながら、弟が泣きそうな顔をして走っているのが見えた。必死で兄が転んだことに気づかないふりをしているのが伝わってきた。警備員に捕まりそうな兄を助けたいが、怖くて足を止められないのだろう。そんな自分が悔しく、情けないのだろう。そして何より、鈍くさい兄を恨んでもいるのだろう。兄ちゃんのくせに、って。

「ああ、クソッ。しゃーねぇなあ！」

ハルカムは出口に向かって遠ざかっていくペンギンに背を向け、帆布バッグから取り出したマジック用のロープですばやく自分の両手首を縛ると、今まさに兄を捕まえようとしていた警備員に向かって「すんませーん」と叫んだ。

三十分後、ハルカムは水族館の一階にある事務室にいた。机を挟んで向かい側には、警備員と水族館のスタッフが怖い顔をして並んでいる。

広場で、ハルカムは縄抜けのマジックを応用して、警備員の両手をロープで縛りあげた。兄弟の兄の方をぶじ逃がしてからロープを解いたところ、警備員によってあっさり取り押さえられ、あれよあれよという間に連行されてきたのだ。

このただならぬ事態にハルカムは何度も謝ったが、あとの祭り。警備員によると、〝モヒカン頭の青年がペンギンを追いかけまわしている〟という複数の通報があったため、小学生兄弟のことがなくても、ハルカムを見つけたら事務室に一度来てもらうつもりだったらしい。

ハルカムはいらいらと机を爪ではじき、何度目かの主張を繰り返す。

「だからぁ、俺はペンギン泥棒じゃねぇって」

「はい。私どもはあなたを泥棒扱いしているわけではありません。念のためにお話をお伺いしたいだけで――」

警備員もまた何度目かになる慇懃な説明をしたが、疑っているのは明らかだ。

「まさか、あの小学生達もあなたの仲間ってことはありませんよね？」

「なわけねぇだろ！」

「ではなぜ、警備員の妨害行為までして赤の他人である彼らを逃がしたんです？」

「いや、だから、俺はそんな仰々しい行為をしたつもりはなくて、ただ――」

さっきからの堂々巡りは、いつもここでハルカムが口ごもって、ふりだしに戻っていた。

――あそこで兄ちゃんが捕まっちまったら、弟は自分が怖気《おじけ》づいて兄ちゃんを見捨てたことを一生後悔しなきゃならない。

何度目かの心の叫びをハルカムがのみ込んだところで事務室のドアがあき、堂々巡りはやっと中断する。入ってきたスタッフの顔を見て、ハルカムはもう少しで声が出そうになった。

青いつなぎを着て、髪も髭も豊かすぎるほど豊かに生え揃っているその飼育員を、ペンギンコーナーのバックヤードで見たばかりだったからだ。しかし、段ボール箱の陰からハルカムに、自分とペンギンの交流を見られていたことなど知る由もない山男風飼育員は、向かい側の警備員とスタッフにだけ視線を送った。

「お問い合わせの件ですが、みしゅく水族館のペンギンの数は通常通りです。増減ありません」

「そうですか。確認ありがとうございます」

「ほらみろ。俺は無実だよ」

大いばりで胸をはるハルカムを、警備員は憎々しげに睨む。

「ペンギン鉄道のペンギンはどうです？　そっちを誘拐したのでは？」

「誘拐って――あのなあ、しまいには名誉毀損で訴えんぞ。違うって。俺は、海狭間駅のなくしもの係からじきじきに、ペンギン探しを頼まれただけだって」

ハルカムと警備員のやりとりを聞いていた飼育員が割って入った。

「もしよかったら、私が問い合わせてみましょうか？　そこの鉄道職員からペンギンの飼育方法について相談されたことが何度かあるので、直通の連絡先を知ってます」

「お願いします！」とハルカムと警備員が同時に叫ぶ。

飼育員は落ち着き払った様子で電話をかけ、守保から直接警備員にハルカムの無実と事情を説明してもらった。

　こうして身の潔白が証明され、警備員と水族館スタッフから丁重な謝罪を受け、ハルカムはようやく一息つく。事務室の中の空気も一気にゆるんだところで、スマホを握ったままの飼育員がハルカムを手招きした。守保が話したがっているらしい。何を言われるのか？　ハルカムは少し身構えながらスマホを耳にあてた。

　——なんだか大変なことになったみたいで、難しいお願いをしちゃって申しわけありません。ご迷惑をおかけしました。

　電話口から聞こえてくる守保の声は、直接聞くよりさらにか細く、やさしかった。ハルカムはモヒカンを撫でつけるように頭を掻く。

「あ、いや、俺が勝手に巻き込まれたわけだし」

　——ペンギン、みしゅく水族館にいたんですね。

「そう。一時はたしかにいた。俺も見た。でも、悪い。このゴタゴタで、また見失っちまった」

　話しながら、ハルカムの背は丸まる。すると、まるでその姿が見えているかのように、守保が「だいじょうぶですよ」とささやいた。

　——ついさっき、知り合いから電話が入りまして、有力な情報をもらったんです。

「何？　ペンギンの目撃情報？」

――あ、いえ。ペンギンが今後現れそうな場所の情報です。

「へえ。どこ？　何駅？」

ハルカムがスマホを耳と肩で挟み、帆布バッグから路線図を取り出して広げると、守保がすっと息を吸い込む音が聞こえる。

――潮台田駅で降りて、潮台田病院に向かってください。

僕が行けるといいんですけど、今からなくしものを探してる小学生の兄妹が来るって連絡があったので、とつづいた守保の言葉を、ハルカムは右から左に聞き流してしまう。耳の中には、「潮台田病院」という単語だけがこびりついていた。

「もしもし？」と守保に電話の向こうから声をかけられ、ハルカムは自分が長い時間黙りこくっていたことに気づく。あわてて「はいはい」と応じた。すばやく呼吸を整え、一気に喋る。

「潮台田駅で降りて、潮台田病院に行けばいいんだな？　そこにペンギンが来ると？」

――ええ、きっと。お願いします。

わざと平淡な調子で「潮台田病院」を発声してみたが、守保の返事もあっさりしたものだった。ハルカムは半ば意地になって、それ以上は何も聞かないことにする。

「わかった。そんじゃ」とやや乱暴に電話を切った。

ハルカムが潮台田駅に降り立つのは、はじめてではない。けれど、駅の構造から駅前の風景まで、何一つ覚えていなかった。前に降りたのが十年も前だからというだけでなく、忘れてしまいたい記憶と結びついた駅だからだろう。

＊

すぐ潮台田病院に向かう気にはなれず、ハルカムは駅前の蕎麦屋で遅い昼食を取った。古い漫画雑誌を五冊も読んでから、ようやく重い腰をあげる。

町の記憶がないのに、潮台田病院への道はなぜか覚えていた。黙っていても、足が勝手にそこを目指す。いくつかの角を曲がって、立派な白い建物が見えると、違和感を覚えた。すぐにその原因が、屋上のフェンスにとりつけられた巨大な看板のせいだとわかる。病院名がでかでかと書かれたその看板は、十年前にはなかった。屋上も様子を変えたのだろうか。

――二度とあんなことがないように。

ハルカムは看板を睨み据える。真正面から吹いてくる風は痛いほどに冷たく、心身ともに冷えきっているはずなのに、頭の中だけは熱をもってふわふわしていた。

看板が常に視界に入ってくるので、潮台田病院への道はもとより間違えようがない。五分もしないうちに、ハルカムは病院の敷地内に足を踏み入れた。

ペンギンを探して、ひとまず建物の外をまわる。だが、見当たらない。ためしに病院から出てきた人達を何人か呼び止めてみたが、病院の中や周辺でペンギンを見た者は誰もいなかった。その中の一人——杖をついた老婦人は「こんな気の滅入る場所、ペンギンだって来たがらないわよ」と自嘲するように言ったものだ。ハルカムも内心同意した。

冬の早い日暮れに合わせ、太陽はぐんぐん傾いていく。時間と共に細く弱くなる日差しを追いかけていたハルカムだが、一時間も経たないうちに音を上げた。

「無理、無理。凍っちまう」

たまらず足を踏み入れた建物の一階は外来患者の総合受付になっており、待合室はごった返していた。ちょうど学校帰りの子ども達が診察に訪れる時間帯のようだ。子どもの甲高い声とそれを注意する母親の声が、親子の数だけあちこちであがり、ハルカムの鼓膜はうわんとしなった。

待合室に空席を見つけ、座らせてもらう。そこからは窓が近く、ガラス越しに薄い夕焼けが見えた。ハルカムにはそれがとても意外に思える。

——俺がここに来るときは、いつも雨だったからな。

黄色い傘をさし、祖母といっしょにはじめてここに来たとき、小学四年生のハルカムは単純に嬉しかった。小学校にあがった頃から住居を別にし、ろくに顔も合わせていない父母に、ここで会えると聞いていたからだ。

祖母を待合室に残して、一人で指定された部屋に向かった。ひょっとしたら看護師に連れられて行ったのかもしれないが、長い廊下を一人で歩いている記憶が残っている。ノックを忘れていきなりドアをあけると、図書館のように本の詰まった小さな部屋が見えた。ハルカムはその部屋で実際に両親と会えた。けれど、その再会はハルカムが想像していたような楽しいものではなかった。

「お兄ちゃんを助けてあげて」

母は開口一番そう言って泣き崩れた。

大人が全力で泣く姿を見たことがなかったハルカムは、それだけで混乱し、戸惑い、恐怖すら覚えたものだ。

黙っているハルカムに、父が入院中の兄の病気について説明してくれた。

血液の難しい病気であること。すでに何度も命の危機があったこと。ようやく最低限の体力が戻ってきたので、すぐにでも骨髄移植をやりたいこと。それが成功すれば、治る可能性がぐっと高まること。骨髄の提供者はドナーと呼ばれ、なかなか一致する型を持った人が見つからないこと。だからまずは家族の中で誰かドナーになれないか検査したいこと。ハルカムにもぜひ協力してもらいたいこと。

父の説明は正直、半分も理解できなかった。

──なんか兄ちゃんが大変らしい。弟の俺も含めて家族の協力が必要らしい。

わかったのは、それくらいだ。その頃には母の号泣にも慣れて、ハルカムはひそかに口をとがらせた。

──俺、もう十分協力してんだけど。

兄が倒れ、入院することになると、父母はすぐにハルカムを祖母に預けた。幼い頃から馴染んできた友達と別れ、祖母の家から通える小学校に転校したのは心細かったし、和食がメインになりがちな祖母の家の食事は、あまり口に合わなかった。幼稚園から習っていて、クロールができるようになったばかりだったスイミングスクールは「おばあちゃんに送り迎えまで頼むのは申しわけないから」と母が知らない間に退会届を出していた。

自分の意志とは無関係に生活が一変したことを、ハルカムは「兄ちゃんが病気なんだから、仕方ない」と我慢してきた。父母がめったに祖母の家に立ち寄ってくれなかったことにも、「兄ちゃんの見舞いに行きたい」というハルカムの願いを父母が無視しつづけたことにも、文句を言うつもりはない。「見舞いにいったら、兄ちゃんに見せてやりたい」一心でコインマジックを猛練習したのに、と残念に思うことはあっても。

ハルカムはただ、認めてほしかった。今までだって自分が兄や両親に協力してきたことを。

「お父さんとお母さんに長いこと会えなくて、寂しかったね。君はよくがんばってる」

結局その日、ハルカムが一番聞きたかった言葉をかけてくれたのは、ハルカムと父母の再会の部屋に同席していた白衣姿の男性だった。

「に、は――？」

白衣の胸についた名札の漢字をハルカムが読みあげると、彼は人の好い笑顔を作った。

「そうそう。〝二《に》〟と〝葉《は》〟って書いて、〝ふたば〟って読むんだ」

「二葉先生は、お兄ちゃんの担当のお医者さんよ」

病院での担任みたいなもんか、とハルカムは理解した。自分のクラスのヒステリックな担任より、こっちの先生の方がやさしそうでいいなあと思った。

二葉はシンプルでわかりやすい言葉を選んで、父の説明にいくつかの補足をしてくれた。

ドナーになれる可能性は、父母より兄弟であるハルカムの方が高いこと。ドナーになったら、ハルカムも入院しなきゃならないこと。骨髄を検査するのに注射を打つし、骨髄を取ることになったら全身麻酔の手術が待っていること。学校を何日か休まなくちゃならないこと。ひょっとすると手術のあとも腰の痛みが残るかもしれないこと。それが完治するのにかかる日数は、個人によること。

「最後に大事なことを一つ」

二葉は父母の方は見ず、ハルカムにまっすぐ向き合い、言ったものだ。

「今からよく考えたあと、君は自由に答えを出していい。ドナーになるか、ならないか、そもそもドナーになれるかどうかの検査を受けるか、受けないかも、君が決めていいことなんだよ。難しいかもしれないけど、お父さんでもお母さんでもお兄さんでもおばあさんでもなく、君自身が決めてほしい」

その言葉を聞き、父母が何か言いたげに二葉を見たことを覚えている。あのとき、部屋に二葉がおらず、家族だけで会話が終了していたら、父母は二葉が補足したことをハルカムに言わないままだったのだろうか？　言えば、ハルカムの腰が引けると思って？

そんな心配は杞憂だった。ハルカムは二葉の言葉に神妙な顔でうなずいたものの、やはり何もわかっていなかったし、深く考えていなかったのだ。

ドナーになることを、祖母の料理を食べたりスイミングスクールを辞めたりすることと同列と見なし、そのドナーとやらになれば、父母の関心の比重が兄から自分に移るかもしれないと浅はかに期待して、型が適合することを祈っていた。

二葉が部屋を出ていったあと、かつてない熱意と興味を持って自分を見つめてくる両親の前で、ハルカムは検査を受けて適合すればドナーになる意志を伝えた。「えらいぞ」とか「ありがとう」とか「勇気がある」とか、気持ちのいい言葉をたくさん投げてくれる両親に対し、ハルカムは意気揚々と請け合ったものだ。

「俺にまかせて」

果たして、ハルカムはドナーとして適合した。このときもまだ有頂天だった。

手術入院の際、兄弟共に手術が終わったら、今度こそ兄ちゃんにマジックを見せてやろうと、コインマジックの道具を入院用パジャマの間に忍ばせてくるくらいには、余裕があった。

「もう嫌だ。つらい。苦しい。家に帰りたい」と泣き叫ぶことになったのは、骨髄採取が終わり、丸二日間高熱が下がらなかったときだ。貧血でふらふらになり、尿道カテーテルのあとが排尿時にひどく痛んだ。歩くのも大儀で、兄の病室を訪ねる余裕などなかった。むしろ「俺が今こんなに苦しいのは、兄ちゃんのせいだ」となじってしまいそうだから、訪ねたくなかった。

結局、ハルカムは兄と接触しないまま——マジックも見せないまま——退院した。腰の痛みは退院後一週間で消えたが、その間、「痛みが一生つづいたらどうしよう？」と考えて夜も寝られなくなったことを覚えている。

苦しかった一週間が過ぎ、ようやくクラスメイトと休み時間にサッカーができるようになったとき、ハルカムは健康のありがたさと病院の怖さを、記憶にしっかり刻み込んだ。兄のためにはじめたマジックはその後、肝心の兄に一度も見せる機会のないまま、スイミングに代わるハルカムの趣味かつ特技となった。

体があたたまってくると、眠気が襲う。ほんの一瞬、目をつむったつもりだったが、肩を叩かれ、はっと身を起こせば、ハルカムの周りには誰もいなくなっていた。

母くらいの年齢の女性が、ハルカムを見下ろしている。半袖のナース服の上からネイビーのカーディガンを羽織っていた。受付の事務員か、看護師か、とにかく病院スタッフで間違いないだろう。

「失礼ですが、本日は外来ですか？　それともお見舞いで？」

「見舞い――」

暖を取っていたとは言えず、とっさに嘘をつく。ナース服の女性はふうと鼻から息を吐いた。

「病棟の受付は済ませましたか？　あと一時間ほどで面会時間が終わりますよ」

「あ、はい。すんません。ところで今日、病院内でペンギンを見なかったっすか？」

「ペンギン？」

女性の眉がきゅっと真ん中に寄る。明らかに心当たりがなさそうな顔だ。ハルカムはあわてて手を振る。

「いや、何でもないっす。すみません」

「ちょっとあなた、どこ行くんです？　入院病棟はこっちの廊下からつながって――」

「いやちょっと、見舞いの前に電話を一本」

ハルカムは苦しい言いわけをして、ほうほうの体《てい》で建物を出た。

日はとうに落ちて、息の白さが際立つ。ライダースジャケットのジッパーをしめたが、むき出しの首筋からするりと寒気が忍び込み、せっかくあたたまった体があっさり冷えた。

歯をかちかち鳴らしながら、ハルカムは夜空の星を見上げる。冬の星座なんてオリオン座くらいしかわからない。それでも、その瞬きの並びに何か意味や像を見出そうとしてしまう。

どこかで鳥が鳴いていた。鳥にとって夜空の星は、どんな存在なんだろうと考える。なまじ空を飛べる彼らだから、いつか星をついばめるかもしれないとか思っていたりするのだろうか？　星は近いようで、実は遥か彼方にあると知ったとき、鳥は絶望するのだろうか？

聞き流していた鳥の声が、だんだん大きくなってきた。「クァクァホウホウ」と少し騒々しい。そしてよく耳をすますと、その声は地面に近い前方から聞こえてきていた。

ハルカムは視線を落とし、暗がりの中で目を凝らす。

病院の車両専用出入口となっているスロープをえっちらおっちらのぼってくるシルエットが見えた。下へ向かって広がっていくシルエット。大きな足。小さな翼。そして左右に揺れる歩き方。間違えようがない。

「来たな、ペンギン」

ハルカムは夢中で駆けだした。自分に向かって迫ってくるハルカムをからかうように、ペンギンはいきなり回れ右をする。その急な方向転換にハルカムも驚いたが、ペンギン自身もついていけなかったようだ。肉厚の足が空を切ったかと思うと、大きく後ろによろめく。翼をぱたぱたさせてバランスを取ろうとしたが、あえなく尻餅をついた。「キュウ」と今度は猫みたいな鳴き声があがる。

「おいおい。何やってんだよ?」

ハルカムが呆れて言うと、気分を害したのか、失敗を取り繕いたいのか、ペンギンはにじにじと尻を振って立ち上がり、いきなり全速力で駆けだした。両方の翼がふわっと持ち上がり、ぺたたたたたーっと慌ただしい足音がみるみる遠ざかっていく。

「また追いかけっこか?　もうマジ勘弁してくれ」

ハルカムはうんざりしながらもペンギンのあとを追い、〝職員以外の立ち入りはご遠慮ください〟と書かれた看板を無視する形で、職員専用駐車場へと足を踏み入れる。誰かに見つかるとまずいので、腰を低くして、停車中の車の陰に隠れて進んだ。

駐車場の突き当たりまでくると、ペンギンはぴたりと立ち止まる。その先に道がないことが不思議でならないと言いたげに、首をかしげた。左にかしげ、右にかしげ、もう一度左にかしげて、そのまま動かなくなる。

ハルカムは四つん這いになって白い軽自動車の陰に隠れ、三分ほど見守ってみたが、ペンギンは微動だにしなかった。

「立ったまま寝てるのか？」

もっと近づこうか、もう少しだけここで様子を見ようか、ハルカムが次の行動を決めかねていると、いきなりきびきびした女性の声があがる。

「そこで何してるんですか？」

ひいっと声にならない悲鳴をあげて、ハルカムは飛び上がった。女性の声は駐車場の突き当たりまで十分届いたらしく、ペンギンも両足を揃えてぴょんと飛び上がっている。逃げたらどうしてくれるんだと焦り、ハルカムは女性の声がした方に向かって怒鳴った。

「うっせーな。静かにしろ」

しかし女性は黙らない。むしろさらに声を張り上げるようにして、近づいてきた。

「もし関係者以外の方でしたら、今そこにいるのは違法になりますよ」

「ちょっ、黙れ。こっち来んなや」

ペンギンがちらりとハルカムを振り返った。その黒いつぶらな瞳の中に、不敵な負けん気の灯がともる。ハルカムの注意がそれた瞬間を見逃さず、ペンギンはまた駆けだした。駐車場の端まで来ると、両足を揃えて華麗なジャンプを見せ、植え込みに飛び込む。ハルカムもあわてて追いかけたが、手に突き刺さる植え込みの棘にひるんでいる隙に、ザザザザッと波が引くような音を立てて、ペンギンは遠ざかっていった。

ハルカムは星空に向かって、「クソッ」と雄叫びをあげる。苛立ちが抑えきれなくなり、植え込みを飛び出すと、ハルカムに声をかけてきた相手が暗がりに立っていた。すらりとした長身の女性だ。ハルカムは頭に血がのぼったまま詰め寄り、がなりたてたが、外灯の光が女性の顔の上にかかったとたん、つばをのんだ。

――仁村先生？

もう少しで声が出てしまうところだった。ハルカムは三白眼をみひらいて目の前の女性を見つめる。濡れたように光る黒髪も、つむじの位置のせいで前髪がひとりでに分かれて、聡明そうな広い額が覗いてしまうところも、まっすぐな立ち姿も、変わっていない。十二歳のハルカムにしっかり向き合ってくれた研修医の仁村世依子が、そこにいた。もっとも十年経って、肩書きは変わったことだろう。

耳の奥に、あのときの彼女の言葉がよみがえってくる。

——私はむしろ君が心配だわ。

彼女は十二歳のハルカムに、自分と妹の間に起きた不幸な出来事を包み隠さず話してくれた。そして最後に、意外と長い睫毛を伏せて尋ねたものだ。

——〝助けない〟という選択肢は意識的にせよ無意識にせよ、選んだ時点で疲弊するものよ。君、本当に大丈夫ね？

十年分年齢を重ねた世依子は、ハルカムの視線がいつまでも離れないことに気づいて、居心地悪そうに身をよじる。あのときの十二歳の少年と、今目の前にいるモヒカン頭のハルカムが、同一人物だとは夢にも思っていないのだろう。

そんな世依子から休日返上で受け持ち患者の様子を見に来たと聞き、ハルカムは思わず声をあげた。

「先生は相変わらず人助けに余念がねぇなあ」

「もしかしてあなた、私の患者さんだった？」

はっとして問いかける世依子を無視して、ハルカムは「ほんじゃ」と走りだす。

あのとき、患者でもない自分のために言葉を尽くしてくれた研修医の言うことを、どうして素直に聞けなかったのだろう？

——仁村先生の忠告に従っていれば、俺は家族から逃げなくてすんだのかな？
ハルカムは今、はっきりと後悔していた。

＊

外来とは別に何棟か建っているうちの一番奥の建物まで来てしまう。ここに来るまでに、植え込みからゴミ箱から建物の隙間から、思いつくかぎりの隠れ場所を覗いてみたが、ペンギンは見つからなかった。

ハルカムは疲れきって冷たい外壁に背をつけ、しゃがみ込む。白い息がたてつづけにあがる。肩にかけた帆布バッグをひらき、コインを取り出した。まず親指の腹にのせ、人差し指、中指、薬指と順番に隣の指同士で挟んではひっくり返して手の甲を移動させていく。小指までいったら、親指で迎えにいき、また最初から繰り返す。まずは利き手である右手で転がし、次に左手で転がし、コインをもう一枚足して両手で同時に転がす。不安と焦り、そして後悔をしずめるように、ハルカムは何度も繰り返した。師匠に教わった通り、一定のリズムで、呼吸が速くなりすぎないように、落ち着いて——ハルカムの指は爪先までかじかんでいたが、コインはまるでそれ自体が生き物であるかのように、ぺらりぺらりと返りながら滑らかに流れていく。

「すごい。まるで音楽が聞こえてくるみたいな動きねえ。見事だわあ」

突然かかった声と、その独特な表現に気を取られ、ハルカムはコインを落とした。

「あら、ごめんなさい。驚かせちゃったかしら?」

申しわけなさそうに小声になった相手を、黙って見上げる。

病棟の玄関ランプの下で、紙袋とハンドバッグを両手に提げ、一人の老婦人が立っていた。ランプの光を反射して、上品に束ねた白髪が光っている。少し丸めた背と煮染めたような色合いのコートが、祖母を思い出させた。父母に代わって育ててもらった礼も言わずに家を出て以来、連絡を取っていないことを申しわけなく思う気持ちが生まれる。何より元気にしているのか気になった。

たぶん老婦人は、ハルカムに三白眼で睨まれたように感じたはずだ。けれど嬉々として、むしろ一歩近づいてきた。

「あなた、マジックができるの?」

「できる。これでも一応マジシャンなんで」

人懐こいばあさんだな、と驚きつつ、ハルカムは手作りの名刺を手渡した。

「けど、このコインロールってやつは、マジックじゃなくてフラリッシュ——えっと、曲芸みたいなもんだよ」

「そうなの？　でも、わたしには手品に見えたわ。日常から一歩外に飛び出した眺めというか——センス・オブ・ワンダーを感じちゃった」

「はぁ。どうも」

老婦人はハルカムの名刺を丹念に眺めていたが、ふと顔を上げ、もったいをつけて切り出す。

「えいち、えー、あーる、ゆー、けー、えー、えむさん——」

「あ。ＨａｒｕｋａＭって書いて、ハルカムって読む」

「あら、そうなの。失礼しました。ではハルカムさん、実はわたしもちょっとマジックができるのよ。今ここで披露してもよろしいかしら？」

「マジックっすか？」

「うん。ハルカムさんのことを、ずばり言い当てます」

自信満々に宣言すると、老婦人は瞳の中にいたずらっ子のような光を宿らせ、ハルカムを見据えた。

「あなたは、ペンギンをお探しでしょう？」

ハルカムはまばたきを速める。驚きすぎて声も出ないその顔をぞんぶんに眺めてから、老婦人はぷっと噴き出した。

「なんてね。ごめんなさい。このマジックにはタネも仕掛けもあるんです」

「――マジックって、そういうもんだし」

ハルカムはかろうじて平静を装う。老婦人は肩をすくめて、なくしもの係の守保から、ペンギン探しを頼んだ人物が病院に来ることを聞いていたのだと打ち明けた。

「たまたま今日ね、ここへ来る前に美宿駅で、なくしものをして困っていた小学生の兄妹と出会ったものだから、海狭間駅のなくしもの係を訪ねなさいって教えてあげたのよ。そしたら、子どもだけで電車を乗り継いで行くって言うじゃない。わたし心配になっちゃって。お節介だとは思ったんですけど、先に守保さんに連絡を入れておいたの。兄妹をよろしくって」

「はぁ」

ハルカムの気のない相槌に、老婦人は人差し指でこめかみをつつく。

「――って何の話でしたっけ？　ああ、そう。マジックのタネと仕掛けよね」

一人で思い出して「うんうん」とうなずき、老婦人はハルカムに微笑んだ。

「そのあと、守保さんが〝兄妹のなくしものは無事本人の手に戻りました〟って、わざわざ連絡をくださってね。ついでにちょっと近況をお話ししていたら、話題がペンギンに」

「何で？」

ハルカムとしてはもっともな疑問だったが、老婦人にとってはそこで驚かれるのは意外だったらしい。「だって」と言いかけ、思い直したように姿勢を正す。

「そうね。知らない人もいらっしゃるわよね。簡単に説明すると、あのペンギンはもともと、わたしの夫が飼っていたペンギンなの。今はわたし達夫婦が面倒を見られる状態にないので、守保さんがなくしもの係で預かってくれていて――」

言葉を探すように夜空を見上げていたが、結局、老婦人は「とてもありがたいことです」とつぶやくにとどめた。そして、自ら気分を変えるように、ぱんと手を叩く。

「ここからが本題。昨夜からペンギンが海狭間駅に帰ってきてないと守保さんに聞いて、びっくりしたの。だって昨夜の今頃、わたしはここ潮台田病院でペンギンを見たから」

守保に有力な情報をくれた知り合いとは、彼女らしい。ハルカムは耳に意識を集中した。

「この病棟の前で、じっと立ってたわ、あの子。じーっとね、上を向いて、置物みたいに。三十分くらいいっしょにいて、あんまり寒いんで、わたしは失礼して先に帰りました。ペンギンがまさか海狭間駅――いえ、守保さんのもとに帰らないなんて思わなかったものだから」

「終電でも帰ってこなかったって聞いたけど」

「らしいわねえ。であれば、ペンギンはたぶんここに一晩中いたのだと思う。そして今夜も来ると思う。守保さんもそう考えたんじゃないかしら？　自分は仕事があるので、先に代わりの人間をここに寄越すとおっしゃったわ。だからわたし、あなたを見かけてすぐにピンときたんです。〝守保さんの代理は、この方だわ〟って」

「なるほど。それがタネと仕掛けってことか。うん。たしかに俺はあの人の代理で、ペンギンを探しに来た。それで、さっき見つけた。見失っちゃったけど」

ハルカムはそう言って、老婦人の顔から手に視線を落とす。その手に持たれた紙袋は、いろいろなものが詰まっているらしく重そうに膨らみ、上からは何枚ものタオルと風呂敷に包まれたものが覗いていた。

あちこちに話題が飛びつつも、老婦人が伝えてくれた事実とその紙袋を掛け合わせれば、一つの答えが出てくる。ハルカムはその答えを口にせずにはいられなかった。

「もしかして、ダンナさんって今、ここに入院してます？　ペンギンは、ダンナさんの見舞いに来てるんじゃ？」

老婦人は肯定も否定もせず、「どうかしら？」と小首をかしげた。笑っているような涙をこらえているような、複雑な表情で語る。

「たしかに。夫は一昨日倒れて、救急搬送されました。救命救急科の先生方の処置のおかげでもう意識は戻ったし、二度と退院できないと宣告されたわけではないんだけど、去年の初夏に大きな手術をして術後の経過もよかっただけに、誰よりも本人が一番落ち込んじゃって――」

老婦人は言葉を詰まらせたあと、今度ははっきり微笑んだ。

「そういう気持ちって、風に乗ってペンギンの元まで運ばれちゃうのかしら？　夫の再入院は急すぎて、守保さんにもまだ知らせていなかったのに、なぜかしらねえ、昨夜にかぎってペンギンがひょっこり現れるんだもの。わたしはもう、おかしいやら、嬉しいやら」

最後は泣き笑いになる。ハルカムは病棟の外壁にふたたびもたれた。冷たさはもうあまり感じない。

「じゃ、ここで待っていれば、ペンギンはまた現れるな、きっと」

「現れたら、わたしが引き留めておくわ。だから、あの、突然で図々しいお願いだけど、ハルカムさん、よかったら――」

老婦人はコートのポケットに一度はしまったハルカムの名刺を取り出し、〝マジシャン〟と書かれた肩書きを指差した。

「今から病室に行って、夫にマジックを見せてくれないかしら？」

「は？」

「もちろん、しかるべきギャランティーはお支払いします」

「や、それはありがたいけど——何で？」

「マジックで、あの人にセンス・オブ・ワンダーと共にもう一度生きる気力を与えてほしいの。夫は本来とても強い人よ。今までの人生、何度もつらい目に遭って、そのたび立ち上がってきた。だから、何かきっかけがあれば、きっとまた明日に——未来に向かってくれると思うんです」

「そんな大事な任務、俺のマジックじゃとても無理だって」

口調は乱暴なまま、ハルカムの腰が引ける。自分の大嫌いな自分が顔を出した。

無理なんて言わないで、と老婦人は拝むように手を合わせる。

「わたし、あの人にもっと生きてほしいんです。まだ離れたくない。まだ一人ぼっちになりたくない。いっしょに行きたいところ、食べたいもの、やりたいこと——まだまだたくさん残ってるから。助けてください」

老婦人の声は震え、涙があふれた。〝藁にもすがる〟という言葉を思い出させるその姿は、かつて兄の快復を祈った両親の姿とだぶった。

そして、ハルカムは思い出す。あの頃の自分もまたそんなふうに祈っていたことを。

——兄ちゃん、いなくならないで。

はるか昔、たしかにハルカムは祈った。カミサマにはもちろん、朝焼けの海や目の前を横切る三毛猫にまで祈ったはずだ。

――兄ちゃんとまたいっしょに暮らせますように。

「ペンギンも祈ってんだろうな」

ハルカムはみずからを奮い立たせるようにつぶやき、老婦人が手に持ったままの名刺を指ではじく。がっかりされるのが怖くて、期待されるのが重くて、今すぐ回れ右して駆け去りたい気持ちを抑えて言ってみる。

「わかった。俺にまかせて」

二度と誰にも言うまいと思っていた言葉が、口から出ていった。

＊

面会時間はとうに過ぎていたが、老婦人が事情を話し、看護師長に許可をもらってくれる。もっと揉めるかと思ったが、ベテランの極みのような風貌をした看護師長はすんなり了承してくれた。病室まで案内するという彼女に頭をさげ、老婦人は「わたしはここで待ってるわ」と手を振る。

「外は寒くね？」

「厚着してきたから、だいじょうぶ。もうすぐペンギンも現れるでしょうから、いっしょに待つわ。それにたぶん――この先はわたしがいない方がいいのよ。あの人、わたしには弱いところを見せたくないでしょうから」

ハルカムはうなずき、それ以上何も言わずに看護師長についていく。

やたら広いエレベーターで病棟の最上階まであがった。長い廊下を奥へ進んでいくほど、
ドアとドアの間隔がひらいていく。看護師長は一番奥のドアの前で足を止めた。

ハルカムはネームプレートに目を走らせ、名前を読みあげる。

「藤崎潤平《ふじさきじゅんぺい》――？」

「ええ。フジサキ電機を一代で築かれた元・会長さんです。ご存知ないですか？」

「あいにく」

「そうですか。業務用厨房関連機器をメインに製造している大きな会社ですよ。フジサキ電
機の工場に勤める社員さんのためだけに駅ができたくらい」

「駅が？　わざわざ？」

「ええ。海狭間駅。ここからわりと近い駅です。今は近くに公園ができて、一般の方でも改
札を抜けられますけど、昔は社員証がなければ、駅から外に出られなかったって話です」

　ハルカムは海狭間駅の改札から見た、ミントグリーンの平たい屋根が連なる工場や門賀が仁王立ちしていた通用門を思い出す。あそこがフジサキ電機だったらしい。なくしもの係と老婦人の夫――藤崎潤平――のつながりがわかった気がする。

「なるほどね」とうなずいたハルカムの全身をあらためて眺め、看護師長は咳払いした。

「奥様の話では、マジックを披露されるとか？」

「あ、まあ、はい」

「完全防音の特別個室とはいえ、あまり大きな音の出るものや、周囲を破壊するようなものは、お控えくださいね」

「わかってるって。そもそも、そんなデカいタネや仕掛けはすぐに用意できねぇし」

　つい地が出て、喋り方が荒っぽくなる。すると看護師長の口調も、息子をたしなめる母親のような気安さが出た。

「それと、患者さん――藤崎さんが嫌がられたらすぐに中止してね。どんなに素敵なエンターテイメントだって芸術だって、観る側の気持ちがついていかなければ、拷問になるんだから」

「わかった。わかった」

　うるさそうに返事をするハルカムにため息をつき、それでも看護師長はドアをひらいてくれる。

「藤崎さん。奥様からプレゼントです」

そう言うと、看護師長のやわらかな掌がハルカムの背中を押した。

その言い方はちょっと、と思いながら、ハルカムは部屋の中央に進み出る。〝特別〟という名にふさわしい広々とした個室で、インテリアやベッドだけ見ると、ホテルのスイートルームといってもおかしくない。

木製の重厚なベッドに、一人の老人が寝ていた。いや、目をひらいて横たわっていた。

頭に巻かれた包帯こそ痛々しいが、チューブの類には一切つながれておらず、酸素マスクをしているわけでも、無菌室の中に入っているわけでもない。命の危機を経たあとの人間と聞いて想像していたより、ずっと健康そうな顔色だ。ハルカムはほっとして口をひらいた。

「えっと、こんばんは。ハルカムと言います。マジシャンやってます。えっと、今日は奥さんからご依頼をいただき、藤崎さんにマジックを見てもらおうと思って――」

藤崎潤平の反応はない。意識はあり、ハルカムに顔も向けているが、その瞳は何も映していなかった。ハルカムは看護師長に助けを求めようとしたが、ドアはすでにとじられ、病室の中はハルカムと潤平の二人きりだ。

「えっと」と何度目かのつなぎの言葉を吐いて、ハルカムは帆布バッグの口をひらく。何のマジックをすればいいのか、まるで見当がつかなかった。

——クソッ。何で俺がこんな目に遭わなきゃならねぇんだ。

さっそく舌打ちが出そうになったので、ペンギンの顔を浮かべて我慢する。ペンギンが真面目くさった表情のまま尻餅をつく姿を思い出すと、いやでも笑えた。すると頭の中で、ペンギンの顔が師匠の顔へと変化していく。言葉が耳にこだまする。

——ハルカム、おまえの怒りは一体どこから来てんだ？　その怒りを鎮めねぇことには、マジックの腕も上がらねぇぞ。

ハルカムはふうと息をつき、豪華な病室をぐるりと見渡した。マジックより喋っている時間の方が長い師匠の芸を、古くさく怠慢なものに感じ、自分なりのクールなマジックを探してきた。だが、師匠のおしゃべりはマジックからの逃げなどではなかったんだと、ようやく気づく。あのユーモラスな力の抜けたおしゃべりで、師匠は客の心をつかんだり、タネから注意をそらしたりする以外に、様々な事情を抱えて観客席に座る客の心をほぐしていたのだろう。

そういうおしゃべりをする側は、常に感情を一定に保っておかねばならない。ステージに立つ緊張を含めた、怒りや悲しみといったあらゆるネガティブな個人的感情をいったん棚にあげる強さがあれば、きっとマジックはセンス・オブ・ワンダーを与えるものとなりえる。

ハルカムは長い間つかえていた何かがすっと胸を通った気がして、大きく深呼吸した。そして、しずかに口をひらく。

「実は俺、この病院に来るのは今日がはじめてじゃないんです。兄が入院してたんで」

潤平の表情は変わらない。けれど、耳をすましている気配が伝わってくる。ハルカムは唇を湿らし、喋りやすい口調に変えて一気に語った。

「けっこう大変な病気で、俺が知ってるだけでも、大きめの手術を三回はやったかな。危篤だっつって、親族が枕元に集められた経験も二回。俺がまだ小さい頃に病気になっちゃったから、兄弟で遊んだ記憶はほとんどねぇっす。兄ちゃんが入院してからは、俺一人ばあちゃん家に預けられたりもした。けど、やっぱり兄ちゃんは兄ちゃんっていうか、家族だったから、俺は早く同じ屋根の下でまたいっしょに暮らしたいって思ってたよ。家族に〝お兄ちゃんを助けてあげて〟って言われたら、助けようって思ったよ」

ハルカムは自分がドナーとして適合したため、本来十八歳以上しか資格がないところを、各機関の承認を得て十歳で兄に骨髄を移植したこと、それに伴い、自分が被った想像を絶する苦痛についても話した。

「精神的にも体質的にも、俺はあんまりドナーに向いてる方じゃなかったんだろうな。超がつくほどの健康優良児でさ、それまで風邪もろくに引いたことねぇし、骨一本折ったことも虫歯一本削られたこともなかった。そんな自分の体が手術後、病院で目を覚ましたらいきなり全然違っていて、あちこち痛いし、まともに動けなくなったんだ。十歳の俺には恐怖と苦しみ以外の何でもなかったよ。いくらおまえの痛みはいつか消える、兄ちゃんはもっとつらい痛みを我慢してるって言われてもさあ。つらいものはつらかった。しかも、そのつらさが無駄に終わった」

潤平にはじめてはっきりとした反応が出る。目が少しみひらかれたのだ。ハルカムはうなずいた。

「骨髄移植に成功したにもかかわらず、兄ちゃんの病気は再発したんだ。一時は数値も安定して、このまま治っていくと思われてたのに——病気が判明したときより、再発したときの絶望の方が深くてきついって、そのときはじめて知ったよ。本人はもちろん周りも言葉にならなかった。命を削ってがんばってた人に、〃もう一度がんばろう〃なんて誰が言える？」

おそらく自分の今の状況と似ている部分もあるのだろう。潤平は考え込み、黒目を忙しなく動かす。

「俺がきつかったのは、父さんも母さんも担当医すら〃他のドナーだったら、もっといい結果になったかも〃って考えたことだよ。口には出さなくたって、俺を見る目や小さなため息でわかった。〃誰も悪くない〃なんて建前、心底絶望したときには何の意味もねぇのな。大人達はみんな、無意識に責任の矢を当てる的を探してた。で、それは、兄ちゃんじゃなくて俺になった」

ハルカムは息をつき、自分が泣いていないことをたしかめてから、もう一度口をひらく。

「俺の限界は、ここで来たね。兄ちゃんの容態がどうにか安定して、いくつかの治療法を試して、でもやっぱり芳しい結果は出なくて、二年後に両親からもう一度兄ちゃんのドナーになってくれと頼まれたとき、十二歳の俺は断っちまった。体がまたガタガタになるのも怖かったし、何より、またダメだったときに周りの大人達から放たれる責任の矢が恐ろしかったんだ。二度とがっかりされたくなかった。俺のせいにされたくなかった。怖気づいたんだよ。どんなに両親が泣いて頼んでも、担当の二葉先生や仁村先生がやさしく励ましてくれても、俺は絶対に首を縦に振らなかったし、しまいには怒って暴れまわった——最低だよな」

「アニキはどうした？　生き延びたか？」

潤平が口をひらいた。せっかちな早口で尋ねられ、屋上で揺れていた赤毛が瞼の裏によみがえる。ハルカムはぎゅっと目をつぶった。

「結果だけ先に言うと、もうダメだってみんなが諦めかけたときに、俺以外のドナーが見つかって、ぶじ寛解した。今はすっかり元気になってるみたいだ」

「よかったじゃないか」

「ああ。けど、兄ちゃんが退院してきたとき、俺は家にいなかった」

潤平の少し落ちくぼんだ瞳がぎらりと光る。そこに自分が映っていることを確認して、ハルカムは小声で告げた。

「高校を中退して、家出したんだ、俺」

「兄弟を見殺しにしかけた罪悪感に耐えきれなかったか？」

「まあ、そんなところ」

ずばりと見抜かれ、むしろほっとする。ハルカムは事実だけを淡々と語った。

「俺がドナーを断ったあと、兄ちゃんは自殺未遂を起こした。体のつらさや家族を苦しめた申しわけなさで、発作的に屋上から飛び降りようとしたらしい。そんな兄ちゃんを助けてくれたのは、家族でも担当医でもなく、たまたま屋上に来た見知らぬ他人だったと聞いた」

潤平がもぞりと動く。何か言いたげにハルカムを見たが、結局何も言わず、つづきをうながした。

「両親が言うには、兄ちゃんは赤の他人に命をつないでもらってから、心と体をゆっくり快復させていったらしい。その過程を見守るのはたぶんつらかったと思うけど、両親はがんばった。歯を食いしばって病院に通いつづけた。でも俺は——もう二度と病院には行けなかったよ。兄ちゃんに合わす顔がなかった。勉強が大変だとか部活が忙しいとか言いわけして逃げつづけ、兄弟として向き合うことに怖気づいて、最終的に家出した」

ハルカムはふうと息を吐いて、帆布バッグを叩く。

「そんな俺を拾ってくれたマジックの師匠がさあ、言うわけよ。〝おまえの怒りは一体どこから来てんだ？　その怒りを鎮めねぇことには、マジックの腕も上がらねぇぞ〟って。ずっと意味がわかんなくて、世の中のいろんなことに腹が立つだけだよ、何が悪い？　って思ってたけど、違うね。俺はたぶんずっと――」

「自分に怒ってるんだろう？　怖気づいた自分に」

潤平に言い当てられ、ハルカムは「はい」とうなだれる。外見を派手にして臆病な心を隠し、本当は怯えていると悟られないよう怒ってきたことを自分で認めるのは、とても苦しい。

「それは、つらかったな。俺も長いこと自分を許せなかったから、よくわかる」

潤平がぼそりとつぶやいた。「え」とハルカムが顔をあげたときには、もうそっぽを向いていたが、ふたたび力強い声を発する。

「見てやるよ、マジック」

「――いいんですか？」

「ああ。これだけ話せたんだ。今夜は怒らずにできるんじゃないか？」

「はい！　ありがとうございます」

礼を述べたその瞬間、ハルカムは潤平に見せたいマジックをきっちりイメージすることができた。

ハルカムが選んだのは、扇子のマジックだった。唯一、師匠から教えられた通りにできる〝手妻〟――日本古来の奇術だ。ぱっとひらいた金色の扇子に和紙をのせ、いちにのさんで裏返すと、和紙は蝶の形となって舞い落ちる。それを扇子でひらひらと浮かせ、まるで意志を持って飛んでいるように見せた。

潤平のベッドの周りを、蝶は飛んでいく。きつく結ばれていた潤平の口元が次第にゆるんだ。感嘆の声が小さくあがる。

「まるで、生きてるようだな」

「はい。真冬のこの蝶はマジックだけど、もうすぐ本物の蝶が飛ぶ春もきますよ、藤崎さん」

「――ああ」

「奥さんといっしょに、春を見なくちゃ」

「ああ、わかってる」

「じゃ、願いましょう」

「は？」

ハルカムは蝶をはげしく扇子であおぎ、きりきりと旋回したそれを手でつかんだ。ここからは自分で開発したマジックとなる。その手を扇子で隠し、潤平にもう一度「願い事は？」と尋ねた。「早く早く」と急かしてみる。潤平は案外素直に焦り、願い事を口にした。

「た、退院して、北海道に桜を見にいきたい」

「オーケー。藤崎さんの願い事、承りましたーっ」

ハルカムは叫びながら扇子の裏で指先に神経を集中させ、和紙からもう一つの仕掛けに持ち替える。それは小さなブーメランだった。スイッチで電飾がつき、回転飛行させればオレンジ色の発光体と化す。ハルカムが扇子をひらりと裏返すと同時に、発光体は飛び出し、部屋の天井すれすれを旋回して、ハルカムの手元に戻ってきた。この軌道の計算が難しいのだが、今日はうまくいった。

その仕掛けの迫力と美しさに、潤平から声があがる。ハルカムは内心のどきどきを隠して、涼しい顔で扇子をふわりとかぶせた。

「何だ、今のは？」

「藤崎さんの願いをのせた流れ星が生まれました。今から、宇宙に飛ばします」

ハルカムは窓をあけ、もう一度扇子からブーメランを投げる。オレンジ色の発光体は、小気味よく飛び出し、夜空を悠々と飛行した。

「よし。うまく流れた。藤崎さんの願い事、ちゃんと叶いますよ」

ハルカムの言葉に、流れ星となったブーメランに見とれていた潤平が視線を投げてくる。

ぎろりと睨むようにハルカムを見つめる瞳に、力が宿っていた。

「ああ、そうかもな。たいしたマジックだ」

「センス・オブ・ワンダー、感じられました？」

ハルカムの問いに、潤平は唇を曲げる。

「何を言ってるかよくわからんが、とにかくたいしたもんだ。一度きりじゃもったいない。退院したら――今度は妻と、あんたのマジックをまた見にいかせてもらおう」

潤平のあたたかい言葉に、ハルカムの背筋が伸びる。

「はい！　お待ちしてます。ずっと待ってるから、早く元気になってください」

「わかったよ。そのときまでに、あんたは身なりを何とかしておけ。マジシャンにはとても見えん。チンドン屋だ」

「は？　チンドン屋って何すか？」

「チンドン屋はチンドン屋だ。言葉と文化を知らん若造め」

潤平の口は軽く滑らかになり、毒舌も飛び出した。きっと、もうだいじょうぶだろう。

ハルカムはタイマーで電飾の切れたブーメランを見つからないように回収し、潤平の前で扇子をぱちりととじた。

＊

病棟を出ると、ペンギンと待っていたのは、老婦人ではなく守保だった。

大和北旅客鉄道の制服を脱いで、ダウンジャケットにデニム姿となった彼は、ニットキャップを被っているため赤毛がほとんど隠れ、誰だかわからない。ハルカムは一瞬本気で、老婦人が男子大学生に化けてしまったのかと怪しんだ。

外灯の光を頼りによくよく顔を眺め、フニャッとした笑顔を確認すると、思わず声が出る。

「何であんたがいる？」

「鈴江《すずえ》さんから連絡をもらって、仕事が終わったので、ペンギンを引き取りにきました」

「鈴江さんって藤崎さんの奥さんの名前か？　彼女はどうした？」

「寒いから帰ってもらいましたよ。君のことをずいぶん気にかけておられたけど、僕が代わりに待っておくからって説得して」

ハルカムが病棟で何をしてきたか、守保は鈴江から事情をすべて聞いて知っているらしい。

封筒を恭しく差し出した。

「藤崎鈴江さんから、本日のギャランティーだそうです」

「こんなの受け取れねぇよ」

「――と君に言われたら、ペンギンの餌代にしてくれとのことでした。では遠慮なく」

守保はそう言って、さっさと封筒を懐にしまってしまう。ハルカムは思わず舌打ちした。

守保はまたフニャッと笑って、夜空を見上げる。

「大成功でしたね、マジック。ここから見てると、まるでＵＦＯが飛来してきたようでした」

「流れ星って設定なんだけどな、一応」

「藤崎さん、元気出ましたかね？」

「おっさんが流れ星にした願いは、退院して北海道に桜を見に行くことだった。快復する気まんまんじゃね？」

ハルカムのそっけない返事に、守保は空を見上げたまま何度もうなずき、ふと口調を砕けさせた。

「遥平《ようへい》は、プロのマジシャンになっていたんだね」

ハルカムは「あ」と顔をさわる。サングラスが壊れたのではずしたままにしていたことを、すっかり忘れていた。声も高い地声のまま喋っていた。痛恨のミスだ。ハルカムはあきらめて正直にうなずく。

「――マジシャンとしては、ハルカムって名乗ってる。遥平の〝遥〟の訓読みＨａｒｕｋａに守保のイニシャルＭで、ＨａｒｕｋａＭ」

「そっか」

言葉が途切れる。マジックのプロを志した理由は、マジックに馴染みがあったからだ。馴染みがあったのは、幼い頃、入院中の兄の蒼平に見せたくて練習したからだ。だけど結局、一度も見せる機会のないまま、ハルカムは家を出た。そんな思い出がよみがえってきたが、今ここで真っ先に打ち明ける話ではないだろう。長く会わなかった兄弟は、互いに何から話していいか考えあぐねているようだ。これはチャンスかもしれないと、ハルカムは覚悟を決めて切りだす。

「あの、俺、二回目のドナーにならなくて、本当にごめ――」

ハルカムの言葉が終わらぬうちに、守保が視線をおろし、おだやかに言った。

「藤崎潤平さんはね。僕の自殺を止めてくれた恩人なんだよ」

「え？　じゃあ、あの日たまたま屋上に居合わせた人って」

「藤崎さんだよ」と言って、守保は微笑む。

「なんという巡り合わせだろうね。僕を助けてくれた人を、遥平が今夜、助けたんだ」

「いや、俺は奥さんに頼まれて、マジックをしただけで」

「だったら、ただのマジックじゃないね。ワンダーマジックだ」

守保は静かにささやき、長い前髪に隠れがちな目をしばたたいた。ワンダーマジック。そのままの意味か、それとも何か特別な意味が含まれているのか、不思議な響きを持つ言葉だ。

そうかもしれない、とハルカムは思う。潤平に限らず、今日は朝からいろいろな偶然が重なって、いろいろな人と出会って、それらすべてがうまく嚙み合ったところで、ハルカムの凍りついていた時間が動きだした気がする。まるで鮮やかなマジックのように。

自分の気持ちを守保にどう説明していいか、ハルカムが迷っていると、二人の間で静かに立っていたペンギンがいきなり鳴いた。

「クァラララッララ」

兄弟の間に残っていた緊張感が一気に消え去り、ハルカムの口が滑らかに動く。

「すべてはペンギンを探すことからはじまったから、ペンギンマジックだな」

「ペンギンマジックか。いいね」

守保はフニャッと口角を上げ、ペンギンの小さな頭にそっと手を置く。

「ペンギンの捜索に丸々一日かけてくれて、ありがとう」

「別に。交換条件だったからだし。——にしても結局、ペンギンは藤崎さんの具合が気になってたってことか？」

ハルカムはみっちり生えそろった羽を風になびかせているペンギンを見下ろした。守保は人差し指でペンギンの額のあたりをこきこき掻いてやりながら「そうだねえ」とうなずく。

「離れていても、藤崎さんと鈴江さんがペンギンの飼い主——家族だからね。心配だったんでしょう」

その言葉に嫌みは込められていなかったが、ハルカムは勝手に気まずくなった。

「——俺、ちゃんと任務遂行できたよな？」

「もちろん」とうなずき、守保は後ろ手に持っていたユニオンジャックのトートバッグを差し出す。

「おつかれさま。約束のものをどうぞ」

「お。持って来てくれたんだ？　助かる」

トートバッグの中に師匠の和傘と買ってもらったばかりの文庫本がちゃんと入っているかどうかたしかめたあと、ハルカムはふと首をかしげる。

「でも——これ、返してもらっちゃっていいのかよ？」

「え？」

「あんたのなくしものは、ペンギンの他にもう一つあるって言ってたろ？　探さなくていいのか？」

「うん。もう一つの方も、ぶじ見つかったようだから」

口角を上げてフニャッと笑うと、守保はハルカムを抱きしめた。身長はハルカムの方がだいぶ高いので、兄が弟の首にかじりつく体勢になってしまう。

「おかえり、遥平」

「兄ちゃん――」

ニットキャップからこぼれた赤毛が、ハルカムの鼻先をくすぐる。何ともいえない安心感が胸に広がり、ハルカムはかすれた声でつぶやいた。

「ただいま」

ペンギンがぺたぺたと兄弟の周りを歩きまわり、何度も覗き込む。しまいには二人の間にむりむり頭を突っ込んできた。生臭いにおいがもわんと広がる。

ハルカムが鼻をすすって噴き出すと、守保がペンギンの翼の下に腕をまわし、もっふりした腹に手を添えながらひょいと抱きあげ、笑った。

「遥平。今度、マジックを見せてくれる？」

「いいけど。チップ弾んでくれよな」

「もちろん。父さんと母さんも見たいと思うんだ。ずっと待ってたから」

「——わかってる。近いうちに必ず実家に顔を出す。ばあちゃん家にも」

ハルカムはうなずき、兄が抱いたペンギンの背中をおそるおそるなでてみる。羽が揃ってしんなりとなびき、あたたかかった。ペンギンは気持ちいいのか、じっと目をつぶったままだ。しあわせの形に命を吹き込むと、ペンギンになるのかもしれない——なんて、ハルカムは本気で思う。

ふいに鼻の奥がつんとして、ハルカムはあわてて澄みきった冬の夜空を見上げた。守保が赤毛を風に揺らして心配そうに尋ねる。

「遥平、どうかした？」

「や、別に。こんだけ星があるなら、ペンギン座があってもいいのになーって」

「ああ、たしかにね」と守保も白い息を吐いて、顔を上に向ける。

兄弟が揃って見上げた天空の先を、星が弧を描いて流れていった。

この作品は書き下ろしです。原稿枚数276枚（400字詰め）。

ペンギン鉄道《てつどう》　なくしもの係《がかり》
リターンズ

名取佐和子《なとりさわこ》

平成30年12月10日　初版発行

発行人――石原正康
編集人――袖山満一子
発行所――株式会社幻冬舎
〒151-0051東京都渋谷区千駄ヶ谷4-9-7
電話　03(5411)6222(営業)
　　　03(5411)6211(編集)
　　　振替00120-8-767643
印刷・製本―図書印刷株式会社
装丁者――高橋雅之

幻冬舎文庫

ISBN978-4-344-42810-2　C0193　な-36-3

幻冬舎ホームページアドレス　http://www.gentosha.co.jp/
この本に関するご意見・ご感想をメールでお寄せいただく場合は、
comment@gentosha.co.jpまで。